# MANIFESTES

政治の詩学

# マニフェスト

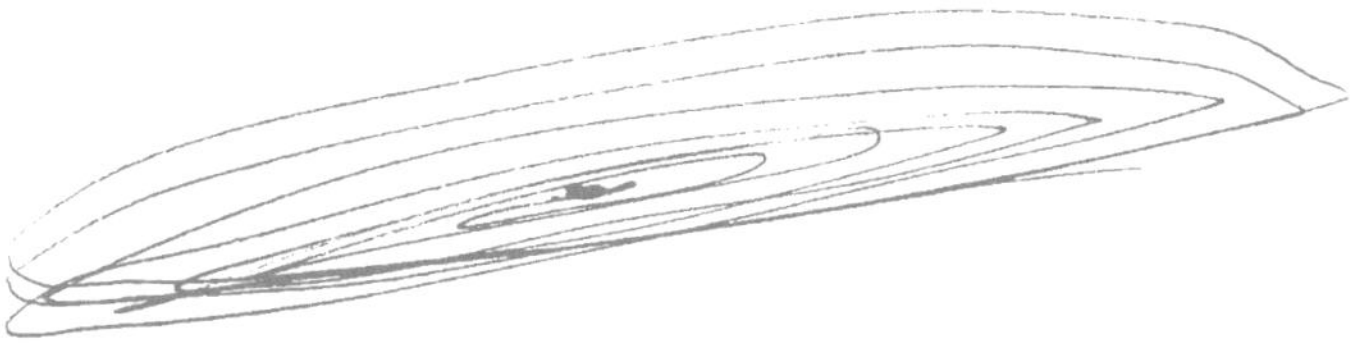

エドゥアール・グリッサン
パトリック・シャモワゾー　中村隆之 訳

ÉDOUARD GLISSANT
PATRICK CHAMOISEAU

以文社

# 目次

## 凡例

・原文のイタリック体には、強調の意ではない場合をのぞき、原則的に傍点を付す。イタリック表記の書名および題名は、それぞれ二重鉤括弧と鉤括弧とする。ただし長文でイタリック体が用いられている箇所（「世界の妥協なき美しさ」および「高度必需「品」宣言」の当該箇所）は、読みやすさを優先してゴシック体とする。
・原文のギユメは鉤括弧とする。
・原文のゴシック体は太字とする。

# マニフェスト——政治の詩学

# はじめに　それでもなお

パトリック・シャモワゾー

「このままではいけない！」

エドゥアール・グリッサンがこう憤ることができたのは、グリッサンの詩学がアクチュアリティをもちながらも、注意深くあることができたからだ。アクチュアリティをもっていたからこそ、その詩学は来る日も来る日も有用でありつづけ、「世界情勢」や、この邦《くに》マルティニックを痙攣させる激動に、暗に呼びもとめられてきた。注意深くあったからこそ、その詩学は（広がりと深さとして）現実《レエル》のこの混乱しつづける地帯、すなわち、いくつもの怪物と驚異が一緒になって生起するその場所の内部に感性的認識をもたらしたのだった。

グリッサンは、本書所収のマニフェストを、なんらかの真実を突きつけたり、ましてや戦闘的な抗議の声を表明したりする機会だとは捉えなかった。そうではなく、ある出来事をめぐる擾乱を引きおこし、さまざまな問いかけのなかでもっともかけがえのない問いかけを、この出来事内にその都度もたらす機会だと捉えていた。とはいえその問いかけは、たんに問うということでなく、あるとき急に複雑さをました事態にたいして決定的に隔たることを私たちの感受のうちにもたらすのだ。

これらのマニフェストは貪欲でもあった。

マニフェストが現実にたいして貪欲さを発揮するのは、〈関係の詩学〉［グリッサンの評論のタイトル］（あの詩の思考）の探求の雷光によって、現実がわずかにあらわになったときだ。そのとき、私たちは、生成しつづけるさまざまな力を突如として垣間見れるようになり、諸力のかたちを捉えられるようになる。こうして捉えられたかたちのなかで、グリッサンは、電撃的「朗唱」——クレオール語[*1]の老語り部たちが発する、およそ魔法がかったこの言葉は、私たちの日常的思考が足場とする、この狭い実生活《レアリテ》のヴェールを見事に切り裂く——をおこなうことができたのだが、そのことは、なんらかの未知の教えを説明したり与えたりするためではなく、世界のなにがしかの事態、世界のなにがしかの激動、私たちの小さな邦のなにがしかの動揺のさなか、つまりこの事態のさなかで、まさしくこの激動という痙攣、この動揺という引きつりが私たちに明らかにしたものを、じっくり検討するためだった。私たちの想像域《イマジネール》が、私たちが暮らし、感じ、考える、この実生活の泡を生みだすのにたいし、詩の歩みは、いわば、この泡を突きさし、現実の未踏の地帯へと（源泉におもむくように）進んでいくことができる。この底知れない現実において、私たちは自己をしっかり保つことをなおも学ばなくてはならない。[*2]

これらのマニフェストは勇敢でもあった。

グリッサンの蜂起、つまり彼の思考は、受けいれがたいことにたいし、直接的なやり方では対決しなかった（詩人は活動家ではない。詩とは「外」からの眩暈をもたらすことにしか役立たない）。グリッサンは受けいれがたいものに張りつくように考えていた。そうすることで、絶えず震えつづける雷光が、この受けいれがたいものにたいして発生する。さまざまな「可能」が拡張したり、新たな逃走線になったり、強烈な点になったりする。

＊1（訳注）　クレオール語はカリブ海の島々の現地語で話し言葉。ここではフレンチ・クレオールを指す。グリッサンとシャモワゾーが生まれ育ったマルティニック島のほか、グアドループ島、セント・ルーシャ島、ハイチ共和国などで話される。

＊2（訳注）　シャモワゾーはこのテクストで“réel”（real）と“réalité”（reality）を使いわけている。いわゆる私たちが生きている現実という意味では“réalité”を用い、私たちの彼方にある本当の現実という意味では“réel”を用いている。このため、ここでは“réel”を「現実」とし、“réalité”を「実生活」と訳しわけている。ただこの概念区分は本書ではこのテクストだけであるため、それ以外の箇所では訳しわけを必要としない。

りすることで。この可能は、想像域の沸きたちである。体験すべきは、この沸きたつ想像域の意味、なかでも訳のわからないものであり、より一層見えるもの、なかでも見えないものであり、思いつかなかったことの啓示、なかでも考えもおよばない《アンパンサブル》ことという恐れ知らずである。現実の最大部分は考えもおよばないことのなかに保たれている。精神の古びた安楽を捨てさって、これを耐えるためには勇気が必要だ。

「このままではいけない！」

すべてはまさにこんなふうにはじまるのだった。

私たちには、問われている目下の受けいれがたいことについて意見を深める必要も、いまなさなければならないことについて議論したり意見を一致させたりする必要も、まったくなかった。まさしく草案だった。だいたいは私が書いた。さまざまなイメージ、さまざまな感触、そうしたイメージと感触から生まれてくる観念でもって……。この草案は自分のもとにすぐさま戻ってくるのだった。詩人グリッサンの思考と、そのきまって異様な言葉との絡みあいでもって、バラバラにされ、強められた草案が。

グリッサンが電話越しに憤り、どんな破廉恥なことにたいしてかはわからないが、このままではいけない！　と言って私をきまって驚かせるたびに、私は狼狽しながら、私たちが武器と師団として有することのできるものを探しだし、この探しだしたものの上に、私たちが「なにかをする」、このままにしない、ということが可能なのだ、という考えを根拠づけるのだった……。私たちの質素な塹壕、私たちの逃亡奴隷行為のうちにあったのは、孤独、裸性、不可能以外のなにものでもなかった。エクリチュールが愛するかもしれないのがそれらだった……。こうして私は草案を書いたのだ、たとえるなら、囚人が——覚めきった無力感に囚われながらもあきらめず——湿った紙を用いて小さな武器を彫琢するように。詩人はこれに翼を加え、私はさらに鉤爪を加え、詩人は言葉の反復《リトルネロ》をもたらし……そして私たちの楽しみといえば、この物体が羽ばたくのを見届けることだった……。あれから年月が経ち、このささやかな移動の軌跡について、世界の同時代的題材のなかのこれらのテクストが当て所なく彷徨うことについて幾度となく省察するなかで、私はようやく理解することができたのだ。なぜグリッサンが「詩的なもの」を、「力《フォルス》」ではなくて「可能態の力《ピュイサンス》」として重視していたのか、ということを。[*3]

　経済的世界化［グローバル化］と世界性（前代未聞の混血と予測不能の個人化からなるこの不測）の絡まりあいが、〈全－世界〉という根源なる《カオ＝ジェルム》カオスを生みだしたのだった。それは流れの暴風雨であり、そのなかで唯一思いえがけるのは、ドゥルーズが語った「さまざまな生成変化《ドゥヴニール》」だった。この「さまざまな生成変化」のひとつとしてあるのが、人間の条件にとって「より良き人間」への生成変化（勝った試しがない）である。生きもの《ヴィヴァン》＊4の心そのものに秘められる、より良き人間、ますます決定力を強める、都市生態系、デジタル生態系、宇宙生態系の衝突の渦中にある、より良き人間、つまり、資本主義的西洋が絶対物と支配の手段として握る毒物から、少なくとも十分な距離をとる、より良き人間。「〈関係〉」への生成変化もあった。これは、すべてとすべて、自己と自己、自己と〈他者〉のあいだのカオス的流れであり、このとき〈他者〉はもはや「外国人」ではなく「さまざまに可能な生成変化」として、略奪や屈従や制圧や、はるか昔からの不正義のなかに存在してきたすべてである……。「〈関係〉」にはモラルがない。だから驚異の束と同じだけの怪物が〈関係〉のなかをうろついているが、私たちはそこに良心を根拠づけることができ、そこで倫理の機知を研ぎ澄ますことができる。とりわけ、私たちが世界に存在するということを、〈関係〉からはっきりつくりだすことができるし、そうしなければならない！　人間のあらゆる状況、実存のあらゆる状況において――たとえば、いまでもいわゆるＤＯＭ－ＴＯＭ[*5]であるところの旧態依然とした海外植民地や、巨大な都市生態系や、デジタルの内在的世界や、自由主義市場による大海の吸い上げや、さらには、人種主義《レイシズム》、外国人嫌悪、イスラム嫌悪、倫理の喪失、〈美しさ〉への屈辱といったものが低次の栄光を奪い合っている……といったような場所で――、望もうが望むまいが、知ろうが知るまいが、この「〈関係〉への生成変化」、この「〈全－世界〉なる生成変化」は存在している。それ自体内在的であるこの審級は、すべての人々に授けられており、すべての人々にとって価値がある。この内

＊3（訳注）「力」と「可能態の力」の区分は、本書所収「世界の妥協なき美しさ」で用いられる。

＊4（訳注）グリッサンとシャモワゾーが用いる言葉のひとつ“le vivant”は、「生きもの」と「生きること」の双方を指しており、人間にはかぎられず、動物、植物などのあらゆる生命をふくんでいる。本書では基本的にいずれかの訳語を文脈に応じて充てている。

＊5（訳注）ＤＯＭはフランス海外県、ＴＯＭはフランス海外領土の略称。二つの政治・行政区分を併せてＤＯＭ－ＴＯＭという。フランス海外領をめぐる政治・行政区分の多様化にともない、この呼称は、各地域の現在の政治・行政区分の地位を精確には反映していないものの、現在でも慣例的に用いられる。

在的審級をつうじて、私たちは、新たな水位の低下から広く溢れでるのであり、私たちの古き野蛮を乗りこえて、それでもなお寛大であることの（愛され、震える）川岸から、一切を思いえがくことができるようになる。

こうして詩的なものは、世界の妥協なき美しさのうちで、現実の到達しがたい密度のうちで、目覚めつづける。システムを欠き、確実性を拒む大胆さで、なにものにも恐れず震えるもの。

グリッサンはなにひとつそのままにしておけない！

グリッサンは自身の生きる時代を抱きしめ、その時代に同伴する、徹底して、最期まで。それからその時代から距離をとり、同じぐらい遠くに行き、そうして大海のような若々しさを（膨らむ闇、激発する苦い痛みのなかで）受けとる。この大海のような若々しさが、立ちあがり、それでもなお行動するという気持ちをかきたてるのだ。

ああ、友たちよ！ 私はこの老戦士の声をもう耳にできないが、いまもなお、一人の若い詩人の、よく鳴りわたる、あの声を聞いている。その声が、毎日こう言うのを。だめだ、ああジビエ［シャモワゾーの愛称］よ！ このままではいけないのだ！……。

パトリック・シャモワゾー
二〇二〇年二月二七日、パリ

# グローバル・プロジェクト宣言[*6]

DOM再建宣言

エドゥアール・グリッサン
パトリック・シャモワゾー
ベルテーヌ・ジュミネール
ジェラール・デルヴェール

二〇〇〇年一月

＊6（原注）
初出は『アンティーヤ』誌（八六七号、二〇〇〇年一月一四日発行）、その数日後の二〇〇〇年一月二一日に『ル・モンド』紙に掲載。「グローバル・プロジェクト宣言」（掲載時の題名は「DOM再建宣言」）の署名者は、エドゥアール・グリッサン、パトリック・シャモワゾー、ベルテーヌ・ジュミネール、ジェラール・デルヴェールである。当時重要であったのは、アンティルの状況を「グローバル」なアプローチから考えなおすことにより、アンティルの政治モデルの再建を提案することだった。

（訳者補注）
マニフェストの最初を飾る「グローバル・プロジェクト宣言」は、グリッサンとシャモワゾーの生まれ故郷「小さな邦」マルティニックの未来をめぐっての提言である。共同署名者のジュミネールは南米ギュイヤンヌ出身の作家、デルヴェールはグアドループ出身の演劇人。カリブ海のこれらの地域は、「海外県（DOM）」と呼ばれる、本土の外のフランス領をなしている。アンティル（マルティニックとグアドループ）とギュイヤンヌは、もともとはフランス植民地で、その住民の多くはプランテーションで熱帯作物を栽培する奴隷としてアフリカから連れてこられた人々の子孫だ。これらのカリブ海地域は、一八四八年に奴隷制が完全撤廃されたのち、一九四六年にフランスの県となることを選択して現在に至っている。一九五〇年代後半に訪れる脱植民地化運動の時代にも「独立」の機会を掴みそこねた、カリブ海地域。そうしたフランス領にとどまりつづける小さな邦々（私たちの東アジアの文脈では沖縄や台湾のことがたとえば思いうかぶ）にとって「海外県」のステイタスを見直す機会は、これまでの歴史的経緯を踏まえた場合、大きな意味を有している。この宣言は、そうした機会に、より長期的な展望を見すえた立場から発表された。

世界は、フランスにかぎらず、私たちの地平にある。グアドループの人間、[7]ギュイヤンヌの人間、[8]マルティニックの人間[9]である私たちがこの新たな状況に反応を示さず、あの万人共通の合意と対立の議論、あまりに冷酷無比で予測不能な規則をめぐる議論に加わらないのならば、私たちは、自分たちが、この地球上のゲームの、塵芥ではなく、残り滓にいつの間にかなりはじめたことに、[10]気づくことさえないだろう。

ギュイヤンヌは、その特殊な性質にもかかわらず（大陸への帰属、その広大な領土、多数のアメリカ先住民系、それにアフリカ系、アジア系、ヨーロッパ系からなる住民の目がくらむほどの多様性、クールーにある驚くべき国際宇宙開発コンソーシアム[11]の存在感、他のギュイヤンヌ［ガイアナやスリナム］とブラジルとの隣接関係により必然的に分かちあう共通のさまざまな未来《ドゥヴニール》）、その政治的、行政的ステイタスにおいて同様の調整プロセスに加わり、グアドループとマルティニックとの歴史的連帯性を入念に重んじている。

今日、私たちの政治責任者たちは、現在のステイタスをめぐり、これを見直すというプロセスを再開すると表明した。政治責任者たちによるこの表明は、私たちの信念を凝集するいくつかの原則を呼びおこす機会であり、これらの原則を道具に私たちは現況の不確かさを実り豊かにするのだ。同様にこのことは、これらの信念を、どれもが当然であるように、贈り物というかたちで、分かちあう機会になるかもしれない。

**民は集団的無責任状態では発育しない**

海外県化は、生活水準の向上、生活要件と社会関係の全般的改善といった、近代化

---

＊7（訳注）グアドループはカリブ海の小アンティル諸島に位置するフランス海外県。

＊8（訳注）ギュイヤンヌは南米大陸のフランス海外県であり、慣例では「フランス領ギアナ」として知られる。ここではフランス語の音に近い表記としている。

＊9（訳注）マルティニックはカリブ海の小アンティル諸島に位置するフランス海外県。グリッサンとシャモワゾーの出身地。

＊10（訳注）世界地図で見るとき、多くの場合、カリブ海の小アンティル諸島の島々は目に入らない。「塵芥（poussières）」という語はシャルル・ドゴールがマルティニック訪問のさいに用いたとされる。この点はエドウィー・プレネルによるあとがき（本書一七九頁）も参照のこと。この「塵芥」から連想される語が「残り滓（résidus）」であり、無価値なもののたとえである。

＊11（訳注）クールーはギュイヤンヌの中心都市カイエンヌから約五〇キロ離れた場所に位置するコミューンで、ギュイヤンヌ宇宙センターがある。フランス国立宇宙センターを中心とする欧州宇宙機関はこのギュイヤンヌ宇宙センターを用いている。

による否定できない、いくつものプロセスをもたらした。しかしこのプロセスの反面で、海外県化は、全般的補助金シンドローム、増大する依存シンドロームへと堕してゆき、このシンドロームがもたらす麻痺感覚は、公的資金の配分額が膨大に増えるにつれて、強まっていった。全般的居心地悪さと現地権力の無効化を付けくわえなければならない。現地権力は、援助金と決定権を担う政府高官がやってくるたびに無力化してきたのだ。さらには、桁はずれの消費を加えなければならない。私たちはこの消費をつうじてたいへん快適でいるのだ、力を与えることも、みずからを計画することも、構築することもせずに。消費のもたらす未来《ドゥヴニール》はまさしく消費そのものであり、行き着く先は消費する当人たちを使いはたすことだ。失敗はここにあり、同化[*12]の積極的支持者たちさえもいまでは自分たちのこの恐るべき妄信を見直し、相対化せざるをえなくなっている。海外県をつうじて、フランスはフランスという世界に私たちをアクセスさせた。今度は私たちが私たち自身で世界各地の地平にアクセスしなければならないのだ。

**ステイタスは民の生きた魂には役立たない**

あらゆるステイタスは、世界に向けた企図、欲望、予測に資する道具である。ステイタスの変更を目ざす闘いはたしかに正当である。しかしこの複雑な全体は、プロジェクトと呼びうるものから生じる。プロジェクトはプログラムとは異なり、なによりも戦略であり、高揚と実現をもたらす動態的枠組みである。プロジェクトはそれぞれの欲望に、それぞれの企図に、それぞれの予測に意味を与え、エネルギーと意思を一体的に結びつけ、集団的自由をつくりだす。この集団的自由がそれぞれの個人の自由を培い、それぞれの個人の自由が全体を養うことになる。プロジェクトは、実際にすべての人々が同意しているのだから、一方的な決定や、自給自足経済《アウタルキー》への偏向や、不毛な制度変更の繰返しといったことを予防する。プロジェクトこそがそのさまざまな力能の、そのさまざまな可能なことの場所を生みだすのであり、そうしてあれこれの法的枠組みが必要となるのだ。プロジェクトこそが必要なステイタスを分泌するのであり、その逆ではない。そのプロジェクトにステイタスが無条件に置きかわってきたからこそ、私たちは依存と補助金が、責任が拡大した枠組みのなかでおいてさえも、相変わらず続いていくのを見

＊12（訳注）「同化（assimilation）」とは、カリブ海の海外県をフランス社会と同等の政治・経済的水準に押しあげるため、フランス社会と一体化させようとする政治的思潮を指している。

てきたのだし、私たちは過去を懐かしむことへの欲求や隷属を復活させることへの呼びかけを見てきたのだし、私たちは自分たちに与えられたこの空間を動かすことができず、ついぞそれをやり遂げなかったのを見てきたのだ。思考の自律、想像域の主権、精神の自由こそが、ここでは不可欠の条件なのである。

こうした現実主義的ユートピアの構想、あらゆる新たなステイタスのための闘いにともない、これを根拠づけるものとなるこの構想を擁護しつつ、私たちは実際にはこの最初の自由に訴えているのである。それなくしてはどんな自由も思いえがけない、思考の自由に。自由な精神は、エネルギー、欲望、企図が収斂する方法を見つけるのになによりも腐心するのであり、その方法は、エネルギーと欲望と企図の収斂に、ユニークでなくともせめてグローバルな意味を授けることになる。グローバルなプロジェクトを規定できる能力とは、ひとつの民にとって、自分たちがすでに自由であることの証であり、この自由を得てさまざまな自由を構築できることの証である。

私たちがプロジェクトを思考する／意思することができないのは、おそらく海外県というコルセットの産物である。海外県のコルセットは私たちの数々の想像域を、私たちにいくつもの問題を抱えさせ、私たちを不毛にしている、依存と補助金という解決策でなおも締めつけている。補助金依存はあらゆる抵抗から現実感を奪う。補助金依存は、抵抗への直観を、それが現実主義的な高性能の道具を備えることをまさに阻むことにより、無効にするのだ。このシステムは、システムに一致しないもの、不都合なものをすべて排除するのであり、必要最低限の大胆さを理解したり許容したりすることもできないことを示すのである。こうしてこのシステムはみずから窒息するまで増殖していくのだ。ところが、このシステムは、限界に近づけば近づくほど、さまざまな進化への衝動を生みだし、これにより逆説的にもシステムは維持される。グローバルなプロジェクトの構想なきステイタスの要求とは、私たちにとっては、たんなる進化への衝動にすぎない。決定的な隔たりが欠けているのだ。

## あらかじめ定められた構造のもとの自由はいずれは自由を破壊する

政治家や専門家たちがなしてきた仕事を無視することなどありえないばかりか、ましてやスキャンダルであるかもしれない。政治家や専門家たちは現行システムの枠組みで随分前から働き、しかも、この同一のシステムの隘路と向きあい、現在では、調整か抜本的改革かによってシステムを乗りこえることを要求しているのだから。しかし、自由とは上からもたらされるものではない。自由とは内部から生じるのだ。あなた方が受け身の姿勢で受けとっているものがあなた方を配下の立場にとどめているのだ。こうして私たちの政治的議論のなかから新たな言説が現れるのが確認される。ナショナリストの同化主義のそれだ。この新たな言説は言葉をくるたびに邦を口にするが、それは邦をよりいっそう［フランスのなかに］溶解させるためであるかのようだ。この場合のフランスの役割とは、私たちの自由がとるべき枠組みを、たとえ協議後であっても、決定することにあってはならず、閉じられてしまったものを開き、結ばれてしまったものをほどき、窒息してしまった地帯に酸素を送ることであるべきだろう。ＤＯＭ－ＴＯＭの袋を破ること。進化しうる主権の空間を動かすこと。もたらされるいろいろな解決策の残骸の山から、私たちの考えでは、意義ある来たるべき前進とはただひとつ、私たち自身から生まれる前進、さまざまな自由の現実をしっかり保持する内なる垂直性を掻きたてる前進である。

**私たちを集わせるプロジェクトを決めることが創設的行為である**

世界に存在するためには、私たちは一緒になにをすることができるのか。いかにすれば私たちは、自分たちに必要な集団責任を、世界をあまねく席捲し、残酷なまでに勝ちほこる経済的諸現実と両立させられるのだろうか。いまこそ、私たちの多くが、それぞれ別々に考えていることを公の場で討議する機会だ。

グアドループ、ギュイヤンヌ、マルティニックは、現在を起点に未来を準備するようなグローバルなプロジェクトをはじめることなしに、その経済的・社会的構造を段階的に変容させることはできない。

私たちの邦々の場合、たとえば、工業の大規模化や、農業の拡大、観光業の特化、消費財貿易など第三次産業の拡大といった見取り図のなかでは、実施すべき解決策やそのためのスケジュールをたてることはできない。これらの領域のいずれにおいても、遅れや不可能は挽回できない。

取るべき道は付加価値（特有の価値であり、この開拓が実質的な利益・発展をもたらす）をもった多様な生産をおこなうこと以外にはない。ちょうど自分たちの命運を今日では握っている小さな邦々の多くが実施している生産のように。現在の世界のバロック的協働のうちで、私たちは小さな邦々の未来を信じる。別様に言えば、私たちは、小さな邦々などはなく、ただただ大いなるプロジェクトだけがあるのだと信じている。

アンティル諸島とギュイヤンヌとカリブ海（島々、つまり、簡単に整地できて容易にかたちを変えられる空間）の一般条件からすれば、私たちが思い描ける付加価値は、有機栽培という特色をもつ産物から生じるだろうし、その需要は世界市場で確実に伸びる。私たちはこの新分野を開拓しなければならない。

それゆえ、少し前から、私たちの一部の人々は、多様な有機製品に特化した経済のグローバル・プロジェクトをマルティニックで実施することを、世界市場上で「有機栽培物の邦マルティニック」や「世界初の有機栽培の邦マルティニック」といった明白なラベルを勝ちとることをもちかけていたのだ。

私たちは、グアドループの人間、ギュイヤンヌの人間、マルティニックの人間にこうした方針が必要であることを考えるよう求めたい。もっとも、それぞれの邦の事情により、こうした性質のプロジェクトは、たとえばギュイヤンヌではテクノロジーによる達成を目ざすなど、多様な方途をとることになる。

有機栽培のプロジェクトについては、実現には相当な困難をともなう。ここでこれから述べるのはあくまでも、非常に一般的ないくつかの特徴である。

こうしたプロジェクトは上から強いられるものではなく、すべての人々がかかわること、すべての人々が討議することでなければならないはずだ。私たちの現実を構成するたったひとつの要素でも、なんらかのメカニズムやなんらかの偏見によって切りはなされたり、排除されたりすれば、こうしたプロジェクトの実現の見込みは断たれてしまう。若い人々がこのプロジェクトに高揚の理由と行動の動機を見出し、加わることなくしては実現の見込みは断たれてしまう。プロジェクトと雇用は集団的企図と共通目標を欠いては実現できない。

このプロジェクトが、文化的、言語的、芸術的活力を、私たちの暮らす、この血が通った場所それ自体で促進しないならば、実現の見込みは断たれてしまう。文化的、言語的、芸術的活力によって、私たちのまなざしは注視し、私たち自身と世界をめぐる私たちの想像域は刷新できるのである。このプロジェクトが、全的でないならば、つまりは、農業、観光業、農産物加工業、医療、漁業、通信業、環境汚染にたいする闘い、教育システム、生産と消費部門などといった活動中のあらゆる部門をふくみこまないならば、実現の見込みは断たれてしまう。全体から孤立したあらゆる有機栽培事業は脆弱であり、滅びやすい。

このプロジェクトが、変容のための段階的スケジュールを調整しないならば、実現の見込みは断たれてしまう。現実主義的な慎重さとグローバルな構想の大胆さが互いを強化しあうのである。他のカリブ海諸国や大陸ギュイヤンヌの隣国の努力と連帯なくして、このプロジェクトが孤立したまま発展することはできない。この空間が連帯するようになってはじめて世界のブルーゾーン[*13]のひとつになるのだ。

つまりは、数えきれないほどの具体的問題が広がっており、私たちの決定力と忍耐力に委ねられている、ということだ。次のことを示唆しておこう。こうしたプロジェクトを発展させる軸は、討議の場、公的同意の場で検討され、提案されるものであり、これを扱うことができるのは、責任ある政治家、組合活動家、経済の意思決定者、教育者、芸術家、文化企画の担当者、若者とスポーツ界の中心人物、保健行政の担当者……ようするに、このプロセスを調整する役目を負うだろう、市民社会で重要な働きをするすべての人々である。

私たちはこう確信している。このようなグローバルなプロジェクトがすべての人々に受けいれられない場合には、ともかく別のプロジェクトを、付加価値をもつ生産の必要性、ただこの点をめぐっておおよそ規定できるような別のプロジェクトを発明しなければならない、と。こうした枠組みのなかでこそ、政治的自由の空間は空っぽの貝殻であるのをやめるはずだ。この性質を帯びたプロジェクトをつうじて、私たちは、獲得すべき空間をよりいっそう規定し、明確にすることができるはずだ。

## 自己組成はあらゆる民が必要とするあの生きた組織を生みだす

自由な精神をもっとも妨げるのは依存それ自体ではない。しかも、この現在の世界で依存や相互依存から逃れられる者などいるのだろうか。もちろんいない。自己組成の空間を一切生みださないのは、痛めつける依存、これである。自己組成は生きた有機体の特性である。地方分権化は、それが進むか否かにかかわらず、自己組成の可能性には一切左右しない。地方分権化は、新たな有機体の出現に耐えられないだろう。自治も同様だ。自治は、そのステイタスの地平とステイタスを認める中央の集中しか知らない。地方分権化にせよ自治にせよ、これらがプロジェクトとなって自己超克しないかぎり、無

＊13（訳注）「ブルーゾーン」は二〇〇〇年に住民の平均寿命が長い地域を指す新語として用いられたもの。

気力な組織となるのだ。

グローバルなプロジェクトに必要とされる主権の空間だけが、新しいもの、予期不能なもの、予見不能な組み合わせ、進化し自己整備する〈生きた〉有機体を支えることができる。主権の空間のなかでだけ、初歩的な自己管理に帰着したりはしない、自己組成はできる。

自由は、有機的依存、必要な相互依存、自己組成の実行の相互作用のなかで思い描かれる。

自由はさまざまな可能なことの範囲を広げ、システム内に活動をもたらすのであり、自由によって提唱、革新、選択、戦略、試み、再開といった一連のさまざまな反応が繰りだされていく。実際の政治活動はバランスをとらなければならない装置のなかでおこなわれる。海外県化が壊れた機械装置になってしまったのは、自由がこの機械装置の歯車のなかでなにも作用しなかったからであるし、選択、発明、政治的冒険が出口のないトンネルのなかに誘導されてしまったからである。私たちはすべての人々の名において決定するなどと言いはるつもりはない。それゆえ、私たちは上からやってくる自由も、あらかじめ決められたステイタスも、授けられた決定も、手中に握られた運命も、求めない。けれども、私たちは、フランスが植民地化、奴隷制、海外県化による支配を四世紀以上にわたっておこなってきた以上、将来みずからの責任を負うことのほうに賭けるのだ。

私たちが――フランスをパートナーとして、もちろん同胞愛をもち、変わらぬ愛情を込めて――望むのは、選択、創造的接触、豊かな代替案、おもむき発明する必要の具体的可能性――動きつづけながら精神の自由を掻きたてるあらゆるものが検討されることである。

いま一度述べておけば、このステイタスのステイタス、あるいはこの方針のステイタスとは、私たちが野心的に望むこのグローバル・プロジェクト出現の条件をつくりだすところのもの以外ではありえない。そして、このグローバル・プロジェクトが、今度は、依存と補助金の生態系のなかに、豊かなねじれを、自己組成によって可能となる創設的断絶を決定的にもたらすだろう。

グアドループの人間、ギュイヤンヌの人間、マルティニックの人間が、自分たちの土地と環境の管理運営について、育成、教育、司法、健康の諸問題について、決めることができるように。

グアドループの人間、ギュイヤンヌの人間、マルティニックの人間が、カリブ海ないし大陸が織りなす構造に身を投じ、アメリカス空間の社会、文化、経済の動態に参画するために、自分の意思でなんでもできるように。これらの人々が世界の商業を支配する国際的諸機関と、世界中のどこにでもつくられるヨーロッパやその他の関連機関に、直接アクセスできるように。

グアドループの人間、ギュイヤンヌの人間、マルティニックの人間が、プロジェクトの実行に必要となる税収およびその他財源を定め、これを思いどおり使えるように。

グアドループの人間、ギュイヤンヌの人間、マルティニックの人間が、投票をつうじて、それぞれの邦に、前記の領域での権力を備える新しい〈議会〉を制定できるように。この〈議会〉は、決められた政策と私たちの各住民が受けいれたグローバル・プロジェクトの方針の実施を担当する執行部を任命することになる。

この〈議会〉が、相互尊重、真の交流、同胞的分有を信条とする新生フランスとのパートナー関係において、私たちの自己組成の場となるように。

# 遠くから……*14

フランス共和国内務大臣の
マルティニック訪問にあたっての公開書簡

エドゥアール・グリッサン
パトリック・シャモワゾー

二〇〇五年一二月

＊14（原注）

このテクストは、当時の内相ニコラ・サルコジがマルティニックを訪問した二〇〇五年一二月初旬に公開書簡としてインターネット上で公開された。このテクストの背景には、第二次ジャック・シラク政権下で、植民地支配の肯定的役割と側面を実質的に認める法案をめぐる二〇〇五年二月の投票時以来、加熱していった論争がある（法案は二〇〇六年に廃止された）。

（訳者補注）

グリッサンとシャモワゾーの連名によるこの小さなテクストは、サルコジへの公開書簡として発表されたものだ。保守・中道右派の政治家として知られ、二〇〇七年から五年間フランス大統領を務めることになるサルコジは、当時は内相の立場にいた。この書簡が公開される背景として原注が触れているのは、アルジェリアからの引揚者の名誉を回復し、補償を充実させることを主旨とする通称「引揚者法」のことだ。そこにはフランスが植民地に果たした肯定的な役割があったことを認める条項がふくまれていたのだった。もうひとつ、「小さな邦」の作家の介入において重要なこの年の出来事は「パリ郊外暴動事件」だ。二〇〇五年一〇月二七日、警察に追われた北アフリカ出身の三人が変電所で感電、死傷したことをきっかけにはじまった大規模な郊外蜂起のことである。サルコジが内相としてとった政策はゼロ・トレランスであり、郊外の若者たちを社会のクズとみなす発言をしたことが物議をかもした。グリッサンとシャモワゾーは直接そのことには触れていないが、「移民問題」について述べるときに念頭にあったはずである。なおサルコジはマルティニック訪問にさいして高名な黒人詩人にして政治家のエメ・セゼールに表敬訪問する予定でいたが、セゼールはこれを拒絶している。

マルティニックは奴隷制、植民地支配、新植民地支配を被ってきた古くからの土地である。しかし、この果てしのない苦痛はかけがえのない教師である。というのも、この苦しみという教師は私たちに交流と分有を教えてくれたからだ。人間性を失わせる状況の有するかけがえのない点は、この状況が、支配された人々の心にたいし、脈打つ高鳴りを忘れさせないということだ。そこから尊厳の要求がつねに起こる。私たちの土地はそうした尊厳をもっとも渇望する土地のひとつである。

今日、ひとつの国民が、偏狭なアイデンティティのなかに自閉してしまうなど、ありえない。その国民は、世界のいまある共同体をつくりあげたものを、つまり、共通の過去のすべてについての真実の数々を分かちあいたいという沈着な意思、そして来たるべき責任をも分かちあうという決意を、無視してしまおうとしているかのようだ。国民の偉大さとは、経済力や軍事力（それは国民の自由を保証するもののひとつにしかなりえない）にあるのではなく、世界の歩みを尊重し、寛大さと連帯の理念が脅かされ弱体化しているところにおもむき、強国であれ弱国であれ、あらゆる民に真に共通する未来を、短期的にも長期的にも、手配する能力にある。そうした国民が、まるで最初にやってきた独裁体制がそうするように、学校教育における教育の方針を法案によって提案する（ないし押しつける）ということなどありえず、この教育方針が、自国にあらゆる点で利益をもたらし、ともかくも取り消し不能なほど罰せられるべき企て（植民地支配）にたいする国としての責任をただたんに隠蔽しようとするなど、ありえない。

移民[*15]は世界規模の問題だ。移住者の出身地である貧しい国々はますます貧しくなり、富んだ国々は、これら移住者を受けいれ、労働市場の必要性から彼らの受けいれを組織することもあるが、ありていに言えば、人身売買のようなことをおこなってきた。富んだ国々は今日おそらく飽和状態に達しており、現在では選別的な人身売買を方針としている。ところが、こうした搾取をつうじて生みだされた富が果てしのない貧困をあちこちで生みだし、新たな人間の流れを引きおこしている。要するに世界とは、豊かさと欠乏がもはや互いに知らないふりをすることなどできない総体である。一方が他方に由来している場合はとくにそうだ。したがって、提案されている解決策はこうした状況に見合っていない。統合政策（フランス）なのか、共同体主義政策（イギリス）なのか。関係各国の政府が採用するのはこの二つのおおまかな方針のいずれかだ。しかし、いずれ

＊15（訳注）本書では“immigration”を「移民」とし“immigré”や“immigrant”を「移住者」とする。

の場合でも、生きることもままならないゲットーのなかで困窮のままに打ちすてられた移住者のコミュニティは、受けいれる国の生活に参入する実際的な手立てをなにひとつ持ちあわせていない。また自分たちの出自文化は、その一部を消しさるか、疑ってかかるか、受け身の態度でもってしか、受けつぐことができない。だからこれらの文化はときには文化の中身を奪われてしまうのである。政府のどちらの選択も、真の〈関係〉の政治を示していない。〈関係〉の政治とは、差異を躊躇せず受けいれることだ。だが、移住者の差異をなんらかの共同体主義の勘定に入れることであってはならない。また〈関係〉の政治は、グローバルかつ局所的な、社会的かつ経済的な方策を講じることだ。とはいえその方策が、新たな種類の分割を引きおこすことであってはならない。さらには、〈関係〉の政治は諸文化の相互浸透を承認することだ。しかし、それがこうして接触した人々の多様性の溶解や衰弱を意味することであってはならない。こうした均衡点にうまく身を定められることで、世界の数ある美しさのひとつを実際に生きられる。世界の数ある恐怖の情景を見失うことなく。

各国民にこうした本質的な原則が宿らなければ、身体的外見にもとづいた模範的な昇進制度、高潔なる差別、罪悪感を軽減してくれるクオータ制［格差是正のためのマイノリティの割り当て制」、政教分離《ライシテ》の強化がほどこす礼拝への資金援助、そして、いまもなお古くからの支配の犠牲者である〈南〉のさまざまな人類[*16]に注がれるあらゆる援助は、世界の表層に触れさせるだけであり、世界に立ちむかわせはしない。しかもこうした対策はその周囲に、チャーター機が運行する日常、拘留施設、容赦ない警官への特別手当、年間追放者数を競う誇らしい点数稼ぎを次々に生みだすものだ。つまりは、みずからでっちあげ、恐怖をあおってきた、あれこれの脅威にたいする芝居がかった派手な対応の数だけ、現実を見すえようとしない政策が数々の失敗を繰り返すのだ。

いかなる社会情勢であっても、たとえそれが最悪の事態でも、とくにそうした事態であっても、研磨処理は正当化できない。あるひとつの生存を前にすると、それが有無を言わせぬ犯罪歴で掻きみだされた生存であったとしても、そこにはなによりも言葉にならない苦しみがある。ここで問われるのはいつでも人間なのだ。とりわけ、経済の論理

＊16（訳注）グリッサンはフランス語で単数形で一般に示されることをしばしば複数形で表現する。とくに「人類（humanité）」を複数形で表記するのは特徴的である。ここではその複数の意味を強調するため、「さまざまな人類（humanités）」という訳語を充てている。なおこのもうひとつの一般的意味である「人間性」の意で解釈しうる場合も右記訳語で統一している。

にもっとも頻繁に打ちくだかれる、そうした人間なのだ。共和国という政体は、いったん滞在許可書を交付すれば、人間の尊厳にたいし、実際は門戸を開いている。この人間の尊厳には、生きている人がだれでもそうできるように、考えたり、過ちを犯したり、成功したり、失敗したりといった権利がともなう。そしてこの共和国は、時にはその法にしたがって罰をくだしうるが、いかなる場合にも与えたものを奪うことはできない。人をモノ扱いする贈与、垂れた頭と沈黙を前提とする受けいれは、統合よりも統合解体に近く、さまざまな人類からはつねに遠く離れている。

世界は私たちにその複雑さを開いて見せた。それぞれの人々は複数に帰属する豊かさを備えた個人となった以上、もはやそのうちのひとつだけに帰属することはありえない。だからいかなる共和国もこうした多様な帰属の表現を調和させなければ、伸びやかに育ちえないだろう。こうした数々の関係のアイデンティティが時代遅れの共和国のなかに居場所を見つけるのはいまだ困難だが、それら関係のアイデンティティがときに呪詛のように呼びおこすのは、もっと別の共和国に参加したいという願望である。各地の「一にして不可分な」共和国は、世界をその多様性において生きることができる、連合共和国の複雑な諸単位に場所を明けわたすべきだ。私たちは共和主義の契約を、世界の契約として信じている。この契約において各地の自然な国民（私たちのようにいまもなお国家なき民族《ナシオン》）は自分たちの声を託し、自分たちの主権を表現できるようになる。いかなる記憶もそれひとつだけでは野蛮への回帰を食いとめることはできない。ショアーの記憶も、他のあらゆる記憶と同じように奴隷制の記憶を必要としているのであって、それを避ける思考は思考そのものにたいする侮辱にほかならない。見向きもされないようなどんな小さなジェノサイドでも、私たちをじっと凝視している。そしてその分だけ、多形横断文化社会を脅かしている。諸国民の歴史における偉大な英雄たちは、本来負うべき美徳と恐怖の分担をいまや引きうけなければならない。というのも、今日、もろもろの記憶は世界の諸真実に直面しており、共に生きることはいまや世界の諸真実の均衡のなかにあるからだ。現代の諸文化は、世界を前にして存在する、そういう文化である。現代の諸文化は世界の文化的熱気が集中するその度合いによってしか価値を測れない。アイデンティティとは、開かれたもの、流動的なものであり、世界のエネルギーのなかで「交流しつつ変化していく」能力によって伸びやかに育つのだ。そうであればこそ、数多の不法移民、数多の偽装結婚、数多の作為的な家族の呼び寄せがあるとしても、移住者に親切で、開かれた、正しい姿勢をくじいてよい、ということにはならないだろう。そしてどんなにテロが恐るべきものでも、私生活と個人の自由を敬うという原則を廃棄させることにはならないだろう。監視カメラのなかにあるものは、政治的知性というよりも政治的無分別であり、社会的または人間的な寛大さであるよりも定期的な脅迫であり、安全へ向けた実際の進歩よりも避けがたい退歩である……。

以上の考えのもとに、ただただ以上の原則にしたがい、私たちは遠くから、静かな心持ちで、内相のマルティニックへの訪問を歓迎できよう。

ディーンは通過した、
再生しなくてはならない。
いますぐ《アプレザン》！*17

エドゥアール・グリッサン
パトリック・シャモワゾー
二〇〇七年八月

＊17（原注）このテクストは、ハリケーン・ディーンのカリブ海列島通過を受けて、二〇〇七年八月二五日付の『ル・モンド』紙に掲載された。ディーンは、八月一八日、マルティニックに大きな損害を与えた。

（訳者補注）

カリブ海の島々の自然災害をめぐる環境は、地震、噴火、台風が起こりうるという点で、日本列島と共通している。このささやかなテクストの直接要因は、原注の短い説明に尽きる。そこで、ここではその遠因を少々説明しておこう。現代のマルティニックの主要農産物は、バナナだ。しかしバナナの前は、サトウキビだった。この島は奴隷制に支えられたプランテーション経営を中心にしてきたため、主要産業は植民地時代から農業であり、それ以外の産業はきわめて乏しい（だから近隣の島々と同じく観光業に頼らざるをえない）。多くのものはフラ

49　ディーンは通過した、再生しなくてはならない。いますぐ《アプレザン》！

---

ンスからの輸入品だ。バナナ栽培にしても、かつての植民地時代のように、主にフランス向けに輸出してきた。こうした従属的経済構造を見つめなおす契機を、グリッサンとシャモワゾーは、ハリケーンによる災害後の惨状を抜本的に立てなおすユートピアのように思い描こうとした。二人が打ちだすヴィジョンは、本書所収の「グローバル・プロジェクト宣言」および「高度必需「品」宣言」と緊密な関係にある。最後に一言付けくわえておくと、この宣言は二人の連名であるが、『カリブ海偽典』（二〇〇二年）〔塚本昌則訳、紀伊國屋書店、二〇一〇年〕をお読みの方はおそらく感得されるように、シャモワゾーの文体が本テクストのリズムを刻んでいる。

サイクロン[18]が通過した。通過した跡にあるもの。植物の荒廃、さまざまな切断、多くを失った人々の落胆……。しかし、大抵の場合、カオス期とは再生の場である。

あらゆる再生は、いつでも混乱から生じる。混乱の度合いが強ければ強いほど、その後に生じる刷新は深くなり、強くなり、変容を起こすときもある。自然は、破壊した自分の一部を利用する術を知っている。前代未聞の勢いが得られるのかを試すためだ。たしかに樹木は自分たちの被った外傷性障害から高次の生命力を取り戻し、傷ついた生態系は可能なことを可変的強度として再分配するために生態系自体を揺さぶるのである。

実際、災厄や危機もまた、なおさら好機である。すべてが崩壊するとき、すべてが覆されてしまっているとき、硬直性と不可能なこともまた、覆されてしまっている。ありそうもないことが、新たな光のもとに突如刻まれている。禁止されていたこと、怠惰、役立たずの習慣が、緩みをもたらし、楽にするよう、求める。自然界にとって真であることは、それぞれの文化、民、アイデンティティや文明にたいしても真である。

この危機から、恐怖でうめいたり震えたりすること以外になにも得ないならば、馬鹿げている。危機が解体した旧秩序の再建を掲げるだけで、もっとも基本的な生物空間《ビオトープ》や動物たちがおこなうことに満たないのなら、あまりにもったいない。

## 51　ディーンは通過した、再生しなくてはならない。いますぐ《アプレザン》！

あたかもこの樹木は、新たな葉叢、せっかちな枝を生みだすよりも、風にしたがっていった葉や枝を見つけだそうとし、後悔先にたたずで、へとへとであるかのようだ。数日後には、そこに新たな葉や枝の萌芽が現れる。鳥たちは自分たちの巣の場所を変えることになるだろう。その翌日から、周囲は発芽と再開で震えるだろう。危機のさなかで、ひとつのいまが、一挙にはじまる。ひとつのいますぐ《アプレザン》[*19]。

いますぐ《アプレザン》この災害を活用し、現状を浄化すること。いますぐ《アプレザン》明るくすること。いますぐ《アプレザン》見直すこと。いますぐ《アプレザン》光を恒常化すること。この光に照らされ、切断と破損は可能なことを切りひらいたのだ。あらゆるルネサンスは貴重であり、無駄なものも、取るに足らないものも、存在しない。あらゆる土台のつくりなおしは、霧のような、かすかな蘇生力から生じる……。

私たちの風景を損ねてきた広告パネルがほぼ消えてなくなったことを、これまでより

---

＊18（訳注）気象上の区分では、「ハリケーン」は北大西洋、カリブ海地域、「サイクロン」はインド洋地域の熱帯低気圧を指す。本書でサイクロンと呼ばれるのは一般にハリケーンのことである。

＊19（訳注）ここで「アプレザン」とルビをふっている原語はクレオール語の“aprézan”である。

も規制を強めた法規を検討するため、この機会に活用するのも急務《アプレザン》かもしれない。いますぐ現状《アプレザン》の全電線を地中に埋めること。いますぐ《アプレザン》家庭用の貯水タンク、太陽エネルギー……などの導入を検討すること。巨大な樹木と私たちの関係を見直し、これらの巨木が神秘と魔術に包まれるほど樹齢を重ねているのを、それらが計りしれない自然の遺産の一部であり、長く生きているあらゆる木がそれ自体で持続し、いたわり、枝打ちし、養っており、その存在が無視されないかぎりは、倒れることも割れることもないということを理解するのも、急務《アプレザン》かもしれない。抜本的な再組織化が検討されうる海岸についても急務《アプレザン》だ。

だが、よりいっそう不可欠な急務《アプレザン》は農業であり、とりわけバナナだ。この産物は、私たち「マルティニック」の奇妙な経済の中枢をなしている。バナナの葉はもろく、ほんの小さな風の一撃でも飛んでしまうのだが、葉には殺虫剤が大量に散布されているため、私たちの土壌と自由地下水の汚染の原因となっている。[*20] 食品の品質が厳しく求められる現在においては、バナナの商業上の方程式はほぼ成りたたない。

畑のバナナは倒れてしまい、困窮の呼びかけはますます増え、反響していく。その声はより一層顕著になり、追加の援助を、さらに多くの助成金を、何回目かの追加扶助を要求している。これらの熟練した抗議の声［組合運動］はもちろん理解できる。というのも、数多の人々がこの産物に依存している、と言われるからだ。私たちはそのことを自覚している。

しかし、これら数多の人々は、ばら撒かれる施しに一番浴する人々ではまったくない。けれども、これら数多の人々は、助成金を求める声をあげるだけで満足する者たちが認めるよりもはるかに深い敬意に値している。助成金だけで満足する者たちはといえば、助成金要求によって、未来なき産物を援助する依存と、有害なシステムを永続化する扶助からなる地獄のサイクルを回しつづける。こうした同情心のうちには急務《アプレザン》はない。緊急性に応えることにあくせくするあまり、そういう人々は本質的なことを忘れてしまうのだ。一貫したあらゆる政策が無視しないこと、要は、本質的なことよりも緊急なものは一切ないということを、とくに忘れてしまうのだ。

---

＊20（訳注）　この問題はバナナに散布した殺虫剤クロルデコンがもたらした公害として知られ、深刻な健康被害・土壌汚染を引き起こした。詳しくは『毎日新聞』朝刊二〇二二年一一月二七日付の一面記事「カリブの仏領 極右が大勝：「反差別」の島 命侵した農薬：がん発症本土の二倍」を参照。

これら数多の雇用者たちの、これらすべての絶望の名においてこそ、不可欠な急務《アプレザン》をあえて述べる必要があるように思える。それは、未来を考え、想像し、みずからを計画し、未来を欲することである。たとえ大量の補助金を受けるにしても、たとえ多量の親切な扶助を受けるにしても、これらを依存のサイクルを繰り返すだけにどうして用いるのか。これらを不可欠な再構造化のために用いることで、ルネサンスの息吹をそこからどうしてつくりだそうとしないのか。殺虫剤農業を止めて、熟慮にもとづくまともな農業のために、つまりは完全有機栽培の農業の道を切りひらく、短期的、中期的、長期的な急務《アプレザン》をどうして明確にしないのか。

土壌の浄化と農業の再転換をどうして決めないのか。これを実施すれば、二十年以内には、マルティニックは例のグローバルに知られる有機栽培国（青いマルティニック、澄みきったマルティニック、再生と健康の土地、自然と美しさの土地……）に近づくはずだ。これは、私たちは十年前から繰り返し提案していることであり、私たちの周囲の人々はすでに検討している。

千平方キロメートルのこの面積を、マルティニックは、把握し、取り戻すことができる。清潔にし、自在に利用し、明瞭な意思に、グローバルな企図にしたがわせることが

55　ディーンは通過した、再生しなくてはならない。いますぐ《アプレザン》！

できる。このグローバルな企図によって、私たちは再生するだろうし、なかでも世界の舞台に生じるだろう。いますぐ《アプレザン》。

# 壁が崩れおちるとき*21

法の外の国民アイデンティティ？

エドゥアール・グリッサン
パトリック・シャモワゾー

二〇〇七年九月

＊21（原注）

本テクストは、二〇〇七年九月、最初にガラード出版と全－世界学院の名義で出版された。出版背景には、ニコラ・サルコジの大統領任期中の二〇〇七年五月、「移民、統合、国民アイデンティティおよび共同開発担当省」が設置されたことにある。同省の大臣は、第一次フランソワ・フィヨン内閣のもと、ブリス・オルトフー、エリック・ベッソンが担当した。

（訳者補注）

二〇〇七年にフランス大統領に選出されたサルコジの悪名高い政策のひとつが「移民問題」を担当する省の発足だった。「移民、統合、国民アイデンティティおよび共同開発担当省」は、二〇一〇年に解散・消滅するまでの三年間、フランスの共和主義的イデオロギーにしたがって自分たちが「フランス人」であると自覚する移民、すなわち、「良い移民」として「フランス社会に同化するよう努めます」と表明する移民を受けいれることをその方針にした。「フランス人」としての国民アイデンティティの規定から期待される効果とは、たとえば、公的な場所に宗教をもちこまないという政教分離《ライシテ》の原則だ。フランスは植民地主義の歴史をもつ関係で、フランス移住者のなかに、北アフリカをはじめとするイスラームの信仰者の割合が少なくない。また実際の受けいれでしばしば問題となるのは、これも植民地主義の歴史との関係で、西アフリカから豊かなヨーロッパを目ざす人々の不法滞在である。フランス人の統治や治安をめぐるこうした「問題」に対処することを明確にしたのがこの省だった。この省の発足にあたってのグリッサンとシャモワゾーの介入は、フランス語圏の知識人の反応としては早いものだった。本テクストはこの省を「フランス人」という国民アイデンティティを守るための城壁のように見たて、この壁を維持することがいかに、私たちが目ざすべき世界の理念から退行しているのかを論じていく。

個人にせよ集団にせよ、アイデンティティのもっとも壊れやすく、またもっともかけがえのない豊かさのひとつは、当然ながら、このアイデンティティが、連続するものとして——どの段階でもこれを固定せずに——展開し、強化されていくことにある。そうであればこそ、このアイデンティティが、その性質を根拠づけ、その永続性を無理やり保証するような規則、勅令、法を根拠にして、自己を確立し、安住することがあってはならない。アイデンティティの原則は、さまざまな退歩的局面（自己感情の喪失）や病理学的局面（自分たちが優れているという集団感情の高まり）において現実感を帯び、時には喪失したりする。そうした局面からの「回復」の多様なあり方もまた、あらかじめ準備され、決められ、それから機械的に当てはめられる決定によって、もたらされるものではないだろう。

この複雑な多様性《ディヴェルシテ》、すなわち、私たちがアイデンティティと呼ぶ、その全容がけっして与えられず、一挙にも捉えられない、この複雑な多様性に接近してみることにしよう。民にせよ個人にせよ、みずからのアイデンティティの動きに注意深くなることはできても、戒律や公準を用いて、事前に決定することはできない。だれもアイデンティティを決める省を運営することなどできないのだ。さもなければ、集団の生は機械装置に変わり、研究室での実験のように、その未来は所定の管理によって、殺菌されて不毛なものになりはてるだろう。なぜならば、アイデンティティとは、哲学者たちが言うように、なによりも世界内存在であり、なによりも駆けめぐらなければならないリスクであるからだ。こうしてアイデンティティは他者との関係、世界との関係に応じるとともに、この関係から、生じる。こうした両義性が、試すことの自由と同時に、より踏みこんで、変わることの大胆さを培うのだ。

**国民アイデンティティ**

西洋では、なによりもまずヨーロッパにおいて、それぞれの集団が国民［民族］として構成された。国民は二重の機能をもつ。共同体の価値とされたものを歓喜のなかで高揚させ、共同体の価値をあらゆる外圧から守り、可能であれば、この価値を世界中に輸出することである。こうして国民は国民国家に変わり、この国民国家のモデルはだんだんと強まっていき、近代世界における各地の民の諸関係の根本性質を規定していく。国民国家として暮らす共同体は、どうして共同体がそうなったのかを知っており、それは公準や定理などで表現できるものではいささかもない。このために国民国家となった共同体は、このことをさまざまな象徴（名だたる価値）を用いて表現するのであり、共同体はこの象徴には「普遍」的次元があるのだと主張するようになる。こうした組織化が各地の植民地征服の原理をなしており、植民地事業をおこなう国民は、自分たちの価値観を強要し、あらゆる外国の侵害から守るアイデンティティ、私たちが呼ぶところの唯一根のアイデンティティを標榜するのだ。たしかに、あらゆる植民地化は第一には経済搾取である。しかし、どんな植民地化も、搾取を正当化する、このアイデンティティの価値肥大化をともなわずにしては、実施されはしない。したがって「唯一根のアイデンティティ」は自己定義するか、少なくとも自己定義を試みながら、みずからの安心を得ることがいつでも必要なのだ。しかしながら、このモデルは同じく、闘いの発端とまでは言わずとも、闘いのさなかにおいても見出されるのだった。実際、支配を被る各地の共同体は、植民地支配者の模範を引きついだ民族《ナショナル》アイデンティティの権利要求のなかに、抵抗の力を見出してきたのである。国民国家の図式はこうして世界中で増殖していった。このことから生まれたのは災厄だけだった。

当たり前のことや紋切り型のこうした確認から、私たちは二つの結論を導ける。ひとつは、新たに出現した国民、または体制転換を果たした国民は、困難であるにせよ、厳格で排他的なアイデンティティの命令に結びつかないような国民構想に向かって進んでいくほかない、ということだ。アパルトヘイトから解放された南アフリカが唯一、混交を自発的に求める組織の必要を表明し、交流という理想を掲げていたように思われる。けれども、これは大臣による政令や法令といったもので規定されるのではない。この交流という理想においては黒人、ズールー人、白人、混血人、インド人が、支配からも紛争からも無縁に、一緒に暮らすことができるのだ。これこそが関係としてのアイデンティティの使命であり、多文化主義と現在呼ばれている、民族集団や文化をたんに横並びにした状態よりも、はるか先に向かいうるものだ。

いまひとつは、国民国家がその存立を脅かされる場合、ただこの場合においてのみ、国民アイデンティティの必要が防御の道具として（その時、だれが国民への裏切り者で、だれがそうでないかが決められる）、あるいは結集の誘因としてあますところなく強化されたりするのを私たちは見るのだが、しかしこの場合でも、国民アイデンティティを法制化する必要はない、ということだ。今日いったいどうすれば、フランス国民がこのように危機的状態にあるのだと信じられようか。いったいどうすれば、アフリカの貧しい国々からやって来る二十万や三十万の移住者の不法な大量流入が、この脅威の中核分子をなしているのだと信じられようか。こうした大量流入にたいしての組織的反応は、経済的ないし実利的な安心や社会的健全への懸念よりも、イデオロギー的な懸念をなによりも反映しているように思える。

オーケストラで指揮をとる才気煥発な青年から聞いた話では、青年はガレージで生まれたそうだ。というのも、両親はほとんどホームレスといってよく、移住者であって、例の追放令のターゲットになっていたかもしれなかった。周囲が請けあうところでは、移民取り締まりから逃れようとして窓から落下したこの青年は、クラスの中で一二《いちに》を争う優等生だった。アイデンティティという凝りかたまった考えのもと、フランスは冷たく縁を切ってしまうのだろうか。フランスはばかばかしい規制をおこなおうとするのだろうか、突如として計りしれず、結局は豊かなこうしたことにたいして。世界の多様性、予測不能なこと、豊穣さが青年にもたらしうることにたいして。

## 世界をなす

こうして二一世紀のただなかにあって、偉大な民主主義国、古くからの共和国、いわゆる人権の国の地は、なによりも抑圧を生業とする省の名前のうちに、移民、統合、国民アイデンティティ、共同開発といった用語を結集している。この慌ただしさのなかで、これらの用語はぶつかりあい、打ち消しあい、非難を浴びせあい、「最終的には」退歩の鳴咽をあげるほかない。フランスはこのことで法的には規定しえない、みずからのアイデンティティの一部を、フランスの世界との関係の根本的様相のひとつである、すべての人々にとっての自由の高揚――もうひとつの根本的様相は植民地主義――を裏切っている。

たしかに民主主義の空間は、極端に敵意に満ちた対抗勢力がぶつかる場であり、あらゆるシステムのなかでは一番ましなこのシステムは、まさに戦士が夜通し注視するように、いついかなる時でも用心を求めている。同じように、たしかに私たちは人間の良心が直線的に向上するという考えを捨てさったし、退歩と前進は切り離せないかのようであることを学び、その分離不能の関係において、光が強まる分、影もまた深くなることを学んできた。結局のところ、たしかに二一世紀とは、この世界が経済的自由主義の痛ましい旋風のもとに世界をなし終える時代だ――この資本主義の激化が、自由な精神の意味を変質させる目的で、この自由な精神に、強者と弱者のどちらかにさっさと仕分けをする構造づくりを託すのだ。「市場」という開かれた巨大な地獄のなかでは、所有する者となにももたない者、できる者とできない者に分かれる。自由な精神のシステム化はもはや自由ではない。これはすべての人々を粉砕するのだ。こうして個々人は、一人きりで、なにももたないまま、腹をすかせた怪物の前にさらされるのだ。

結局のところ、たしかにこの開かれた市場、この「市場世界」、この「世界市場」のなかで、貧困と豊かさのあいだに横たわる陥没が、まさしくどんな国境もせき止められないハリケーンのように、激しい移民の波を引きおこしている。サピエンスとは、定義上、移り住む者だ。移住者として出ていく者でも、やって来る者でもある。サピエンスはそのように分散し、そのように世界に出て、そのように、砂漠と雪を、山と奈落を横断し、飲み、食べられる場所を探して、飢えを避けてきた。「越えられないような境界はない」。このことは何百万年にわたって立証されている。このことは果てまで（兆しをみせる気候変動の時代にはなおのこと）そうであるだろうし、さまざまな口実のもと、あちこちにそびえ立つあれらの壁、かつてはベルリンにあり、いまはパレスチナや、アメリカ合衆国の南部や、富裕な国々の法制のなかでそびえ立つあれらの壁はどれひとつも、〈全−世界〉がますますすべての人々の家になっている、というこの単純素朴な真実をせき止めることなどできないのだ。このすべての人々の家――［クレオール語の］カイ・トゥ・ムゥン

──はすべての人々に属しており、この家のバランスはすべての人々によって保たれるのだ。

## 壁と関係

壁への誘惑は新しいことでない。ひとつの文化が、ひとつの文明が、他者のことを考える、他者と一緒に内省して考える、自己における他者を考えるには至れないたびに、石や鉄や有刺鉄線や電子鉄条網、または偏狭なイデオロギーからなる、あの強固な防壁が建立され、崩落してきたが、そうした防壁が、新たな警笛を鳴らしながら、私たちのもとになおもまたやってきている。他者を怯えるこの拒絶、他者の存在を無力化したり、否認したりさえするこの企ては、法的文書というコルセットを身につけ、定義不能な省の品位をふりまいたり、多くのメディア──メディアはメディアで自由な精神をかなぐり捨て、権力と支配勢力の庇護のもとに事業を拡張できることにしか出資しない──が伝えるぼんやりとした信条を掲げたりできるようになる。こうして壁は違法にも公認にも、地味にも派手にもなりうるのである。

アイデンティティの観念自体は、長らく城壁の役割を果たしてきた。自分のものを定め、自分のものを他者を思わせるものから区別するという役割である。そうすることで人は、他者を判読不能な脅威、すなわち野蛮の徴に仕立てあげるのだ。アイデンティティの壁は、異なる民のあいだの永遠の対立を生じさせ、帝国を、植民地拡張を、ニグロ奴隷貿易を、アメリカ奴隷制の残忍を、ショアーの想像を絶する恐怖を、知られていたり知られていなかったりする、ありとあらゆるジェノサイドを生みだしてきた。アイデンティティの壁の側面は、あらゆる文化のなかに、あらゆる民のなかに、存在してきたし、いまもなお存在しているが、このアイデンティティの壁の側面が、科学とテクノロジーによって増幅し、もっとも荒廃を招くことが明らかになったのは、まさに西洋においてである。世界はそれでも〈全–世界〉をなした。さまざまな言語、文化、文明、民はそれでも出会い、殻を破り、相互に美しく、豊かになってきた。多くの場合は知らず知らずのうちにか、あるいはそう表明せずに。

どんなに小さな発明、どんなに小さな独創も、あらゆる民のあいだに、いつでも驚異的な速度で広まっていった。車輪の使い方から定住型栽培の実践まで。人間の進歩は、アイデンティティの動態的側面が存在すること、すなわち、「〈関係〉」のアイデンティティが存在することを認めることなしには理解されえない。アイデンティティの壁の側面が自閉的であるのにたいし、関係の側面はその分だけ開かれている。そして、この側面が当初から差異と不透明性に適合していったならば、アイデンティティが人間主義的な基盤や、世俗化した宗教モラルの装置にもとづくことなど、けっして起こらなかった。それはたんに生存にかかわる事柄だったのだ。要するに、非常に良く持続してきた人々、非常に良く繁殖してきた人々は、他者とのこの接触を実践する術、つまり与える／受けとることとの出会いによってアイデンティティの壁の側面を相殺する術を心得ていたのだ。そのため、こうした人々は「自己変容するが、それによって自分を失うこともなければ、自分の本性を変えることもない、そうした交流の場で」絶えず自分たちを養うことができたのだ。したがってこれは詩の機会、世界内存在が即自存在を育成する場でもあった。美しさとは、さまざまな人類の運動、その疲れ知らずの探究と切りはなせない。

アイデンティティが必要となるのは、こうした接触やこうした交流をつうじてである。接触と交流を生きるのに適合できないとき、この不適合がアイデンティティの壁をつくり、アイデンティティを変質させるのだ。接触と交流の拒絶の最たるものは、自分の姿をもう見たくないと鏡を叩き割ってしまうようなものだ。こうして他者を見ることを拒みはじめることにより、自己のうちに閉じこもるプロセスがはじまる。私たちが自己について「支持する」ことができ実現できる考えとは、他者との関係、世界に存在することと、さまざまな接触と交流の活況のなかでのみ彫琢されるのであり、けっして、先験的《アプリオリ》な戒律あるいは憲兵で武装した戒律のなかでではない。

アイデンティティの壁の側面は、敵対的な本性や、利己的な生存維持を夢中に求めるあらゆる生の暴力に直面してきた部族、民族集団、小集団、国民をなんらかの威光で高みに押しあげることがあった。この側面は、孤立した人間集団や支配的な人間集団のために、創設神話、国民の歴史、(煩瑣な系譜をつくる)垂直的な家系図をつうじてその壁を打ちたてることがあった。しかし、世界がすべての人々が存在することに開かれていくにつれて、鈍りに鈍りきった意識さえもが、すべての人々が避けがたく存在しているということに気づくにつれて(たとえばここの豊かさがたいへん頻繁に向こうの困窮の原因であり、ここの貧困が向こうの充溢した暮らしを放っておかないことが明らかになるにつれて)、アイデンティティの関係的側面がもっとも持続するものとして現れてきた。この側面を介して、私たちは、〈全－世界〉の閃光《エクラ》からは、なにも逃れられないということを、そのことは混乱でも放棄でもないということを理解する。世界が〈全－世界〉をなすとき、壁と国境はいっそう維持されなくなるのであり、世界は蝶の羽の動きを予測不能になるまで増幅させるのを理解するのだ。

アイデンティティの壁の側面は憂慮を和らげることがある。この側面はこうして人種主義の、排外主義の、ポピュリズムの政策に用いられ、深い落胆をもたらすこともある。しかし、あらゆる道義的な原則とは無縁なこのアイデンティティの壁は、世界について、もはやなにも知りはしない。この壁はもはやなにかを守ることなく、なにも受けいれない。受けいれることができるのは、さまざまな退歩をもたらす退化であり、精神の無自覚な窒息であり、自己喪失である。

## 自由な想像域

現在（テロリズムや野放しの移民や好ましい神を口実に）建設されるいくつもの壁は、文明のあいだ、文化のあいだ、アイデンティティのあいだにそびえ立つのではない。これらの壁は、貧窮と過剰な豊かさのあいだに、裕福だが不安がる陶酔と乾いた窒息のあいだにそびえ立っている。つまりはこうだ。これらの壁に区切られた現実は、それらの現実が各所で募らせる矛盾が問題である場合、世界規模の政策が、適切な諸機関を備えることで、調整したり軽減したりでき、さらには解決できるということなのだ。

世界の各地の困窮にたいして、このようにそびえる固い壁は、資本の移住、金融の感情的揺らぎ、制覇をねらう商品の群れ、襲来するテクノロジーとサービスの集団――大量に規格化を進め、きわめて見えにくい自由主義的貪欲さを一方的に育てる――を前にすると、面白いことに崩れさってしまう。突如として卑屈になったこの同じ壁は、こうした有力者たちが通過するときには挨拶をするかのようである。これらの有力者たちは国の証印をもはや見せびらかすこともなく、もはや自分たちの言語を選ぶこともなく、素顔で通過するが、その顔は見分けがたく、匿名で画一的であり、独自の国境システムをもつ地誌という地誌に足跡を残していく。

各地の国民アイデンティティを脅かしているのは、移民ではなく、たとえばアメリカ合衆国が握る覇権であり、消費のなかに知らないうちに広がる画一化であり、無知であるのを良いことに神聖視され、急速に普及する商品であり、ほかとは一緒にできない「西洋のエッセンス」なる考えや、他の文明からのあらゆる寄与を受けず、その点では人間的でなくなってしまったような文明という考えだ。こうしたことが、これは、純粋である、神的であれ世俗的であれ選民である、優れている、不当介入の権利をもっている、という考えをもたらすのであり、一言でいえば、これこそが人間の多様性という統一を阻むアイデンティティの壁なのだ。

文明の衝突というあの決まり文句はここでは嘆かわしいだけだ。それぞれの文明は何千年も前から意識的にも無意識的にも、互いを知り、接触しあい、変容しあい、相互交流をしている。文化をめぐる、さらにはアイデンティティをめぐる考古学が明らかにしているのは、どの地層も果てしなく絡まりあい、互いを養い、互いを眺め、豊かにしあい、「乳化しあっている」ということだ。「西洋」とは私たちのうちにあり、私たちは「西洋」のうちにある。「西洋」は、示唆、隷属、直接または暗黙の支配といった手段をつうじて、私たちのうちにある。しかし「西洋」が私たちのうちにあるのは、これが最高度かつ場合によっては過剰なまでにもたらしたあの価値観（理性、個人化、人間の権利、男女平等、政教分離、市民権……）をつうじてでもある。これらの価値観は、すでにあらゆる文化のなかに胚胎していたものであり、文化によってさまざまな段階や無限のニュアンスをともなってきた。ありとあらゆる文化は、理性的かつ技術的な歩みと結びつく、自文化の魔術的／神話的予測を有してきた。ありとあらゆる文化は狂気と叡智、散文と詩から成りたっている。ありとあらゆる文化は共同体の欲動と個人による参加から成りたっている。西洋の支配は、突然領土拡大することから、あらゆる文化がもっていたものを激化させることから活発化していったのだ。要は、この果物は虫が食っていたのだ［フランス語のことわざで「内部から崩れはじめること」］。クレオール語のセ・コド・ヤム・キ・マール・ヤムは、ヤムイモを一番しっかり結えられるのは、ヤムイモの蔓《つる》だという意味だ。

　このようにあらゆる征服者は、知らず知らずのうちに征服されている。あらゆる支配者は支配そのものの錬金術をつうじて傷んでしまうのだ。掌握することは、さまざまな空間を、あらゆる秘密の影響力へと開く。暴力的かつ盲目的な力は、これを行使する者を避けがたい弱さに委ねる。西洋は、世界を掌握しながら、世界によって掌握されていったのである。与える／受けとることは儀礼化した略奪に打ち勝つかもしれない、少なくとも、期待される未来においては。

　世界市場の敗者たちの巨大な力とは、勝者の驚異と翳りを受けとり、自分たちの力に加えたことにある。もっとも厄介であるのは、この受けとったものを捨てさることでない。そうではなく、そのなかの人を不毛にする幻惑を、解放された想像域でもって、〈全‐世界〉の先見的詩学でもって、手放すことである。それは最適な充溢であり、征服、敵意、復讐心、支配欲といったものからは無縁だ。この最適な充溢の名は、世界性《モンディアリテ》である。この世界性をつうじて、私たちは「西洋」のうちにおり、また私たちの東洋に向かい、これを知るのである。

## 世界性

世界性（世界市場ではない）はいまのところ、私たちを高揚させるとともに、苦しませてもいる。世界性が私たちに示唆するのは、肌の色、話す言語、敬う神や畏れる神、生まれた土地といった、あの古めかしい刻印が意味をなしうることよりもはるかに複雑な多様性《ディヴェルシテ》である。関係のアイデンティティは、さまざまな想像域の花火と大喝采であるような多様性に開かれている。さまざまな想像域の多種多様性、さらにはその熱狂は、ありとあらゆる文化、ありとあらゆる民、ありとあらゆる言語が翳りと驚異のなかで練りあげてきたことが生き生きと意識をもって存在しているという、まさにそのことに立脚している。そして、こうした想像域の多種多様性が、さまざまな人類の無限の成分をなしているのだ。真の多様性は、いまのところ、さまざまな想像域のなかにしか見当たらない。それは自分のことをどう考えるのか、世界のことをどう考えるのか、世界のなかで自分のことをどう考えるのか、生き方の原則をどう組織するのか、生まれた土地をどう選ぶのか、である。同じ肌をしていても、違った想像域を身につけているかもしれない。似たような想像域は、肌の色、言語、神々が違っていても、その違いに慣れるかもしれない。だれしもが知っている著名人についていえば、たとえばコンドリーザ・ライス女史はジョージ・W・ブッシュ氏と同じ想像域のもとにあるのであって、マンデラ氏やマーティン・ルーサー・キングとはほとんど関係がない。同じように、政治信条や「人種」にもとづくおぼろげな連帯を口実にするならば、目に見えて他所からやってくる人々、たとえば浅黒かったり黒っぽかったりする肌の人々が、ニコラ・サルコジ氏に同伴することを批判しても無駄だろう。なぜならこれらの人々は、他のだれを差しおいても、サルコジ氏と同じであるからだ。「同一性」はカメレオンを演じる。多様なものは、こうしたアイデンティティの硬直を撹乱し、転覆を際限なく引きおこし、精神の脆い先入観によって選ばれた確信を拒否する。

芸術、文学、音楽、歌は、それぞれ単独の国民地誌や、独自だと思いあがる言語とは一切無縁な想像域を用いて、親密な関係をつくっていく。世界性のなかでは（これは私たちがこの世界性を築かなければならない分だけ等しくそこにある）私たちは「祖国」や「国民」に独占的に帰属しないのであり、まして「領土」には一切帰属しない。私たちがこれから帰属するのは、さまざまな「場所」だ。つまり、さまざまな言語的変調であり、もしかしたら賛美することを求めない自由な神々であり、私たちがやがて決める故郷であり、私たちがやがて望む言語であり、私たちがやがてつくりあげる素材とヴィジョンで編んだ、あの地誌である。そしてこれらの「場所」は、避けがたくなり（私たちはその一部を避けることはできないし、一度書いたらとり消せないような書き方で一部を囲いこむこともできないし、これらの場所を城壁のなかに閉じこめることもできない）、世界のありとあらゆる場所と関係していくのだ。これらの場所の多彩な輝きがさまざまな自由な想像域の無限の蜂起に、つまりはこの世界性に通じているのだ。

## アイデンティティの偶然と必然

感受性のうちの数多の転覆は、大紛糾や混乱から生じるのではないし、そうしたことを引きおこすこともない。

国民アイデンティティという考えが高じることによって、数多の正義と数多の自由が民と民との歴史的関係のなかで否認されてきたからといって、このアイデンティティがただちに消えてなくなるべきだ、というわけではない。というのも、いかなる集団も、言いかえればいかなる共同体も、世界で優位に立っているものであれ、もたざるものであれ、自分たちが国民の使命であると思っているところのもの、事実、数多の精神の壮麗な高揚、数多の発明を生みだしたり、数多の犠牲を引きおこしたりしてきた当のものを諦めきれないはずだからだ。私たちが目撃しているのは、今日あらゆる集団的アイデンティティは開かれており、世界との関係なくしては持続せず、この開かれなくしては、未来はないということだ。国民はもはや頑丈な城ではなく、国民の利害は〈全－世界〉の展望のなかでは、もはや短い期間にかぎっては計算しえないのである。今日、国民アイデンティティが唯一根であることはもはや困難である。さもなくば、国民アイデンティティは衰えるか、縮んでしまうかだ。これとは反対に、増大し、分かちあう国民は、それと同時に、世界のうちに覇権的ではない位置を再確認する。国民はもう吠えるのではなく、いますぐうたうのである。

関係としてのアイデンティティが開かれているからといって、このアイデンティティが根づかない、というわけではない。しかし、その根はもはや差し込みプラグではなく、シュック［クレオール語で「木製の杭」］でもなく、もはや周囲を殺しはせず、他の根との出会いを求め、他の根と一緒に大地の養分を分かちあう。かつて国民国家が存在したように、今後は関係としての国民が存在するだろう。かつて分離して区別する国境が存在したように、今後は区別して関係づける国境、関係づける目的以外には区別することがない国境が存在するだろう。こう予測するからといって、国民同士の現代の恐るべき競争のことを軽んじているわけではない。利害をめぐる、宗教をめぐる、原料や化石エネルギーのコントロールをめぐる戦争、つまりはあれこれの帝国が支持したり、あれこれのセクトが実行したりする戦争をつうじて、犯罪的に引きおこされる災害を無視しているわけではない。そうではなくたんに、支配欲、法を課す欲望、帝国を築く欲望、最強であることの誇り、真理を握っているという驕りは、時が来れば、さまざまな人類の歴史のうちで働いてきた野蛮の紛れもない徴のひとつであるとみなされるようになると考えているのだ。社会面、政治面、経済面、安全保障面のさし迫った生きのこり競争を越えて、偉大な国民はこれからはこのことを知り、世界のこの運動を認めるのだ。

交流することが、多くの場合、変化することにつながるからといって、すべての人々とその一人ひとりが、アイデンティティが行方不明になり窒息してしまうような、差異が消えてしまうような沸騰穴《トゥル＝ブイヨン》のなかで溶けるわけではない。交流しながら変化することは、結局のところ、失うことではなく、語の高次の意味で豊かにすることになる。このことは、個人にとっても、国民にとっても、同様に言える。ある共同体が外国人を受けいれ、その差異や不透明性も受けいれるとしても、この共同体が変質したり、滅びる危険に晒されたりするわけではない。それとは逆に、共同体は力を増し、そうして充実するのだ。共同体はみずからがそうである姿に、みずからが有しているものに、みずからが生成変化する姿に精彩《エクラ》を与え、精彩を贈り、今度はこの精彩がみずからを贈ることから、受けとるのである。さまざまな社会の歴史を振りかえる場合、ガロ・ローマ人からブラジル人まで、混血が退化をもたらしたことは一切なかった。世界中で生じるさまざまなクレオール化のどれかひとつが、世界の構成素のどれかひとつを完全に消しさったことはない。太鼓叩きの輪にはたくさんの人々が集い、レゲエのコーラスやフォークナーの一文にはたくさんの言語が響き、ジャズの飛びかう演奏にはたくさんの群島が出現する。こうしたものが出会うさいに湧きおこる解放と歓喜の笑いの数は並々ならぬほどだ。

この一体感、すなわち、私たちにたいし、また私たちと一緒に、不確かさと親しみ、予測不能と向きあい、世界の震えを生きるこの一体感のエネルギーのうちには、たくさんの多様なものがある。

こういうわけで、共同体がみずからを「唯一なものとして維持する」権利をもつのは、こうした欲望（またはこうした恐れ）に苦しめられている場合だ――ただし、共同体がこの維持を法制化も規則化もできないような場合にかぎってだ。アイデンティティとは、発布されるあれこれの強制から自由な、集合体の自然性から生じる場合にかぎり、生存することができ、存続する。私たちは、国民アイデンティティ省、たとえば混血をシステムにしたがわせたり混合を強制したりするのを職務とする省など、構想できない。さらには、偽りの本性を完全無欠にしたり、国民文化は透明であると主張したりする定めにある同省を、私たちは拒否するだろう。こうしたことは、独裁制が打ちたてようと決然と着手してきたことである。本当のところ、アイデンティティという諸関係は、世界との諸関係と解きほぐせないほど結びついているのであって、このことが多くの場合、その富を謎めいたものにしている。私たちが親しむのは次のような貴重な感覚だ。アイデンティティとは、ひとつの神秘を、もっとも幅広く、もっとも開かれている意味で、生きることだと言えるだろう。アイデンティティとは、私たちが生き、存在していると感じることを生みだしているようなこの神秘を生きることなのだ。

## 改悛について

こうしたさまざまな激変に直面し、経済的バランスがとられたり、社会的不測事態が起きたり、考案や維持や修復を求める国内政治要求が起こったりする。貧困国から超富裕国に向かう移民のコントロール不能な大量流入については、決断的で即自的に対応しなければとりかえしがつかなくなるものではないような数多くの措置によって、バランスをとることができる。たとえば、世界経済の安定化を宣言して決然と進め、財界人の移住を統制し、環境汚染の国々には課税し、〈南〉の国々の原料生産の収益を回復し、各地の民の想像域を尊重しつつ可能であるならどこでもテクノロジーを体系的に移転し、〈北〉と〈南〉の持続可能で公平な貿易ネットワークを忍耐強く、粘り強く構築し、あらゆる場所で有効で、どこでも対抗可能な社会進歩の憲法を求め、もっとも持たざる人々ともっとも飢えた人々のために、あらゆる場所で有効で、どこでも対抗可能な市民権ないし多国籍市民権を築くこと……。いずれのユートピアもたんにばかにして済ますならば、それこそばかげている。国際通貨基金、世界銀行、世界貿易機関に魂を吹きこんでみるだけの価値はあるのだ。世界を本当に見つめるような新しい諸機関を想像してみるだけの価値はあるのだ。裕福で特権をもった国民にたいする大政策のいくつかの原則がそこにあるのだ。裕福で特権をもった国民は、これらの原則を公的に擁護し、仔細にわたって検証したのちに実施しはじめることにより、成育するだろう。自分がどの程度慎重であるのか、みずからの大胆さがどれほど輝いているのか、みずからの視線がどの高さにあるのか。これらを測るのは一人ひとりだ。しかし、すべての人々にかかわることは、これらの可能に通じることである。

というのも、狂気があるとすれば、それは古い楽曲しか奏でないことであり、移民の流れを専制的命令を下すだけで、反転させたり中止させたりできると豪語することだ。移民がたどるのは世界中の力と力がぶつかりあう線であり、敵にたいする団結の衝撃と断絶であり、共通の規制強化の山と谷である。移民は私たちの不正義の密生地《トゥファイユ》をじかにたどるのだ。「移民」の語のうちには生命を授ける息吹のようなものが通っている。なにもかもを極限的に奪われた移り住む者こそが、アイデンティティにもっとも活力を与える養分である、さまざまな差異を接触させることができる。これとは反対に、「統合」は垂直的傲慢さ「傲慢に見下すこと」であり、私たちの方に向かう要素の事前解体を、したがって、自己の貧困化を高みから要求する。表向きは「差異に寛容であること」と言いつつも、周囲を評価しようと威嚇的な態度をとり、尊大な要求を捨てさらないのとまったく同じだ。これと同様に「共同開発」は、国内の潜在的な経済的弱者をなだめすかし、前もってはじき出された数値目標にしたがっていつでも移民を追いだし、自国で安心して移民を見下せるのだとかれらに思わせる口実であってはならないだろう。共同開発は次の単純素朴な真実を介してのみ有効である。すなわち、私たちは同じボート[*22]に乗っているのだ。開かれた舟に。だれ一人、自分だけが助かるということはありえないだろう。いかなる社会でも、いかなる経済でも。

いかなる言語も、他の言語との協働なしには存在しない。いかなる文化もいかなる文明も、他の文化や他の文明との関係なしには充溢に達しない。

脅かしたり貧困をもたらしたりするのは、移民ではなく、壁の堅固さであり、自己に閉じこもることである。だからこそ私たちは、各地の国民の歴史が世界の各地の現実に開かれるために立ちあがった。同じく、各地の垂直的な国民の記憶が各地の記憶の分有に夢中になれるように立ちあがった。各地の国民の自尊心が自国の歴史の影と光を認めることを養分とすることができるように立ちあがったのである。だからこそさらに言えば、よく耳にする改悛とは、求められるものでも、要求されるものでもありえないが――しかも私たちにはわからないが、だれが改悛を求めているのか。奴隷制、ジェノサイドやホロコースト、植民地化については、その都度、歴史を仔細にわたって検討し、各地の記憶を結びつけることが重要であり、なんであれ「これがわが過ちなり」と胸を叩いて改悛するのを求めることではない——受けとられて理解されることではありうる。世界のさまざまな事態の高次な構想は、安穏な、傲慢な、閉鎖的な態度からは絶対に生じない。いくつもの震えから、この高次の構想は生じるのであり、震えの高まりをつうじて、取りもどされた明晰な良心の各段階で高まっていくのだ。改悛という発想は、これを要求する人をむしろおとしめるところがあるが、これを実行できる人を偉大にする。次の場合には良心の貧しさを恐れなくてはならない。キリスト教徒ないし道徳家の悔悟とは無関係なこの改悛を自由にやってみることができない場合には。

＊22 （訳註）マルティニックでは毎年チームが島の一周を競うヨール（ボートのこと）のレースが開催されており、チームの協調性が必要とされるこのレースが暗示されてもいる。なお直後の「開かれた舟」は『〈関係〉の詩学』所収の最初のテクストの題名。

## 呼びかけ

壁が、光をさえぎるその壁の両側から、世界中を脅かしている。ついに壁は、窮乏の側では干上がっていたものを枯渇させ、富裕というもう一方の側では苛まれる不安を激化させるに至っている。他者への関係（すべての他者への関係。他者としての動物、植物、そして文化、したがって人間との関係）が示すのは、私たち自身のうちのもっとも高貴で、もっとも誠実で、もっとも豊かな部分である。壁が崩れおちるように。

アフリカ、アジア、ヨーロッパ、アメリカス［カリブ海・中南米をふくめたアメリカ全域］の人類の全諸力が、国家なきすべての民、すべての「共和主義者」、すべての「人権」擁護派、もっとも小さな邦々の住民、島嶼民、群島の彷徨者と大陸の逃亡者《トラスール》が、すべての芸術家、知識と教育にかかわる男女、市民的ないし善意あるすべての当局、なにかを耕し、なにかをつくり育てる人々が、可能なあらゆるかたちをとって、この省という壁にたいして抗議することを私たちは求める。この省という壁の目論見は、私たちを最悪なものに順応させ、耐えがたいものに少しずつ慣れさせることであり、ついには、黙ったまま、その共犯者に陥るまで、許しがたいことに親しませるようにしたいのだ。

美しさの正反対である。

# 世界の妥協なき美しさ*23

バラク・オバマへ

エドゥアール・グリッサン
パトリック・シャモワゾー

二〇〇九年一月

＊23（原注）
本テクストは、二〇〇九年一月、最初にガラード出版と全−世界学院の名義で出版された。出版背景には、二〇〇八年一一月、バラク・オバマのアメリカ合衆国大統領としての一期目の選出がある。

（訳者補注）
バラク・オバマが合衆国大統領になった当時、オバマ大統領の誕生を歓迎するメディア報道が世界を覆っていた。その後、二期八年の任期（二〇〇九—二〇一七）のあいだにオバマにたいする評判は当然のこととして変化していったが、この宣言を発表したただなか、合衆国初の「黒人大統領」が誕生したという象徴的意味において、アメリカスのアフリカ系ディアスポラは、北米のみならず、たとえばフランス領のカリブ海地域でも、オバマをおおいに歓迎していた。そのような背景のもと、グリッサンとシャモワゾーもまた、アフリカ系ディアスポラの奴隷貿易・奴隷制という苦難の歴史を念頭におきながら、新しい大統領に期待を寄せて、このテクストを公開書簡のかたちで書いている。しかし、二人の作家が提唱するのは、オバマの象徴的意味を「黒人」の指導者としてでなく、「クレオール化」、すなわち、アフリカ系ディアスポラが経験してきた混交のプロセスを象徴する存在として捉えるというものだった。二人の作家のオバマにたいする期待とは、このテクストの一節「関係のなかでの力《フォルス》は可能態《ピュイサンス》の力ではない」にとりわけ示されるように、合衆国という世界の覇権国が、みずからの「力《フォルス》」、すなわち、軍事力、経済力などの支配力を捨てさることだった。オバマもまたこの力に囚われている恐れがあるのだから。二人が合衆国大統領にうながすのは、この力を捨て、この世界を〈関係〉として捉えることで、ユートピアの実現に向けた「可能態の力《ピュイサンス》」を率先して行使するということだ。事後的に見た場合、二人の期待どおりにはアメリカ合衆国が変わらなかったばかりか、次期大統領のドナルド・トランプがメキシコ国境沿いに分離壁を建設することを公約のひとつに掲げて当選したように、このテクストが提案するユートピアの可能性からは、合衆国の政策はあまりにも後退してしまったことを私たちは知っている。ここに「移民問題」にたいする西側諸国の保守的で不寛容な傾向や、戦争やジェノサイドをめぐる自国の利益優先の近年の政策を加えてもいいだろう。「世界の妥協なき美しさ」という理念からいっそうかけ離れてしまった現代世界に生きているからこそ、その理念はいっそうの輝きをますのではないだろうか。

## 〈深淵〉から湧きあがるもの

幾世紀にもわたるつぶやきだ。そして、大西洋の海原の歌だ。

貝殻に耳を澄まし、頭蓋、骨、緑色になった鉄球に触れる、大西洋の海底の。あの深海部には数々の奴隷船の墓場があり、数多の船乗りの墓場がある。強欲、侵犯した境界、掲げられたり降ろされたりする旗、西洋世界の。アフリカの糸で編まれた厚い絨毯に点在するのは、アフリカの息子たちであり、取引対象にされてきた人々、記録には残らない、だれもその数を知りえない人々だ。そしておそらくは、あの〈奴隷貿易〉の以前にも以後にも、この世界には、どの場所にでも、多くの民を巻きこむ、開かれた深淵がほかにも数知れぬほど存在した。しかし、強制移送されたあのアフリカ人たちは、世界を区切る数々の障壁を解体した。この人々自身も、血しぶきをあげながら、アメリカスの空間を切りひらいたのだ。人々は合衆国という可能態の力《ピュイサンス》*24のなかに入ったのだ。この合

*24（訳註）「可能態の力（puissance）」は、本マニフェストの中心的概念である。この概念は、ここではなにかができるという能力を指している。その能力が発揮される状態（力）も指せば、その能力が発揮されていない状態（欠如）も指す。ここでは特に後者の意味に力点がおかれているため、「可能態の力」と訳すことにする。

衆国という可能態の力は、あたかも合衆国の基盤をなすひとつであり、のみならず、いまだ欠けているひとつである。力にして欠如であり、もっともかけがえのない脆さであるようなもの。人々は私たちのもとにある。ムッシュー、人々はあなたのもとにある。[*25]

人々は、その周囲の、ブラジルやカリブ海域からなる、南のアメリカスが交差する複数の歴史のなかに、目下のところ諸大陸の思想をやわらげる諸群島の思想のなかにすでに入ってもいる。諸大陸は皇帝のごとく尊大で、ただわれこそが真理を握っているのだという態度で、みずからを矢のごとく設計する。諸群島は脆いものの、いまの世界の多種多様な真理と調和している。〈奴隷貿易〉の大洋はこのように見分けがたい大陸だったのであり、奴隷付きの〈プランテーション〉が築かれたカリブ海域はこの大陸的な大洋の群島的裾野だった。

かつて海を渡ってきたこれらの人々や、この深海部の泥土となった人々に残されていたのは古い諸世界であったが、これら諸世界は粉々に砕かれて、新たな地域を真に生みだすまでになっている。ひとつの世界がかつてアフリカを押しつぶした。複数化したアフリカは、遠くの場所にさまざまな世界を宿させた。そのことがあらわにし、そのことが私たちに理解させるものこそ〈全 ‐ 世界〉である。すべての人々のもとに与えられ、すべての人々にとって価値があり、その全体において多数的であるこの〈全－世界〉は、深海部のあのつぶやきにもとづいている。それゆえ、つぶやきは海底を去って、ムッシュー、あなたをつうじて、こうして私たちを魅了するのだ。各地で国民をなす人々は、いまのところどの国民よりもいっそうの支配力をもつのが、アメリカ合衆国民であることをまさに知っているのだから。世界各地で周囲にたいして、多くの苦味と美味のうちに、支配圏を広げていったというこの現実もまた〈深淵〉から私たちのもとに湧きあがっている。

最初に指摘できるのは、世界中の人々はそれぞれバラク・オバマ氏について似たように考えていると思えることだ。オバマ氏は合衆国における生活の性質そのものを変えるかもしれない、それから、合衆国の外交政策の方針（イラク戦争やアフガニスタン戦争に終止符をうてるか）を変えるかもしれない、その結果、この国があえて殺しあいをさせているという、この国にたいする世界中の人々の視線を変えるかもしれない、と。

＊25（訳註）ここで「ムッシュー」と呼びかけらているのはバラク・オバマ大統領（当時）のこと。

黒人およびその他のマイノリティの現状は、オバマ氏によって改善されるかもしれない、と。オバマ氏はさまざまな人種、民族集団、部族集団のあいだでの歩み寄りに寄与するだろうし、自国の貧困層の境遇を改善し、経済と金融の危機と有効に戦うだろう、と。こうしたことこそ、マントラか信仰のごとく、昼夜を問わず繰り返されてきた、明明白白たる紋切り型[*26]だ。

合衆国の選挙戦開始前から選挙中にかけて表明されてきたこれらの意見は、現在もまさに信念という重みを担いつづけているが、実際の権力行使は、計りしれない既成権力に屈することにより、この信念を次第に弱めていくかもしれないものの、この信念が告げるのは、バラク・オバマ氏が、さまざまな世論と世界の良心がこれまで考えようとしなかったプロセス——現在認知されている世界中の共同体の民族、人種、宗教、国家による排他的形態と対立する現代諸社会のクレオール化——のまるで奇跡的な、活力をともなった産物だということだ。この現象が重要であるからこそ、ここにバラク・オバマ氏への公開書簡を差しだすことができるし、そうしなければならない、と私たちは考えた。なぜなら、オバマ氏は世界の叫びを、各地の民の声を、各地の国の喜びの歌や傷ついた歌を聞きとった、と私たちは真摯に考えているからである。

クレオール化。すなわち、深淵から湧きあがる泥土がすべてを、混血《メティサージュ》も、うつろう混交《メランジュ》も、純粋志向の神経症も、鞭とその反対物である鉈《なた》*27も、なにも止めることのできない、予見不能のなかで覆してきたということ。生成原理としての思考不能《アンパンサブル》。〈全―世界〉を夢見ること。極限状態でたがが外れた暴力が、この泥土から、かけがえのない経験を生みだした。いつでもいかなることも可能とする高度。眩暈をもたらす深度。この乗りこえ。

そして世界中のあらゆる出会いはこの泥土に由来している。あなたの母も父も、この出会いを可能であることとして、およそありえない自分たちの結婚を経験したのである。あなたの幼少期におけるハワイのモザイク、その後のインドネシアの予見不能。あなた

---

*26（訳註）「紋切り型（lieux communs）」の字義どおりの意味は「共通場」である。グリッサンは、人々が共有する場所としての通念というニュアンスでこの語を用いている。

*27（訳註）奴隷制社会において鞭は主人が懲罰に使う道具、鉈は奴隷がサトウキビ伐採に使う道具である。鉈は反乱の記憶に結びつく抵抗のシンボルでもある。

の彷徨は大陸から大陸へと続く。
諸世界は、接触しあい、交流しながら、私たちが生きるのを学ばなくてはならないさまざまな空間を生みだしていった。諸世界は、秘された貝殻の、永遠に失われることのない法螺貝の、古《いにしえ》の頭蓋のローリングの音のなかで一挙に生まれた。大西洋はこの深海部の海流をつうじて、ある範囲内に諸群島を出現させた。まだだれも住んでいない諸群島は、私たちの想像域に秘された状態で差しだされていた。これらの諸群島の実在は周囲に影響をおよぼしていた。そして、このように、〈深淵〉の息子であるあなたが、多くのアメリカ人にとって、これらの新しい群島の発見者である、〈全 − 世界〉の多くの住人、つまり、あらゆる多様性とあらゆる暗がりの多くの住人にとっての、いま、一切の希望を掲げている。

バラク・オバマ氏の政治家としての幾度かの立候補は、黒人による権力奪取の試みを示すものではなく、白人権力が水面下で糸をひくための偽装工作でもなく、矛盾をきたし、けっして実現されない企てを雑多に混ぜあわせたものでもない。そうではなく、多様性《ディヴェルシテ》の思想の擁護と実践を示している。多様性の思想とは、世界中のよくある差異のことではなく、新たな力のことであり、もっとはっきり言えば、人が白くあったり赤くあったり黄色くあったりさまざまな色であったりする等々を気にするのと同じ、ただそれだけの理由で、黒人であるのをやめないということなのである。多様性の政治とはひとつの詩学でもあり、まさにこのことがなによりもオバマ氏の大統領選の選挙キャンペーンで際立っていた。さまざまな人類がそれぞれ互いを重んじるという最高段階としての詩学。そのことが合衆国に生じるのは驚くにあたらない。その理由は、この国が途方もなく強力だからではなく、この国が自国内に矛盾を途方もなく抱えているからである。多様性は誇示ではなく同意されるものであり、ときに耐えがたい悲劇的なもののように経験されることもあるが、それでも現代の主たる進歩のひとつである。なぜなら多様性は異なるものが出会えるようにし、この出会いを深めていくからであり、これこそがさまざまな立場の人種差別主義者が非常に恐れることなのだ。この二つの衝動がこの国のうちで発揮される。

同じように、こうしたプロセスを引きうけるのが一人の黒人（白人との混血であるが、合衆国の基準によると、黒人の血が一滴でも入っていれば、ここでは完全に黒人なのだ）であったのも驚くにあたらない。なぜなら黒人の共同体が強制移送され、抑圧され、搾取されてきたアメリカスの大半の国々では、黒人の共同体は混血のみならず、クレオール化にも賛同してきた（カリブ海域でもブラジルでも）からだ。人種間の壁を越えていくクレオール化の乗りこえの力は、予見不能にして予測不能であり、いかなる時も抵抗不能である。この不可避なクレオール化は合衆国では混血に先立ってきた。なぜなら、わけても黒人奴隷制が、精神面でも感覚面でも、どの地域よりもこの国において一層長期にわたって深く浸透してきたからであり、この黒人奴隷制の浸透が混血を全般的に想定不能にしてきたからである。なぜなら、この新世界に移植されたプロテスタントのピューリタニズムをなによりも特徴づけてきたものが、混交にたいする憎しみだったかもしれないからである。出会い、分有、混交といった考えが一切、大半の白人そして黒人住民からも激しく抑圧されてきたこの国において、バラク・オバマ氏は予測不能だった。オバマ氏による勝利はもちろん当人たちのものではあるとはいえ、それがなによりも意味するのは、黒人による勝利というよりも、合衆国自体が合衆国の歴史を乗りこえたことによる勝利だ。この国の創設を司ってきた両義的にして越えることの許されない事柄がなんであったのかが明らかになり、その事柄を抑圧された一部の国民のみならず、国民全体で一緒に越えたのだ。

そしてこのありえなさそうな希望の芽生えは、北アメリカの米国人にかぎらず、人種がどうであれ、地球上のニグロにもおよんでいる。この人々もまた〈深淵〉の息子であり、大洋という大洋の海底と荒廃した大地という大地の奥底に点在するあらゆる深淵の息子であり、現に存在し今後生きのびることのうちに、癒えることのない、言うなれば、あの存在論的な傷を抱えている住民なのである。この人々はあなたを待ちのぞんでいる。あなたを愛し、あなたを敬い、あろうことか、あなたを黒人の悲劇をはじめとする各地の民が被った、果てしのない黙示録的光景と劫罰にたいする復讐のようにみなしている。どんな復讐も行きあたりばったりであり、過去のなにがしかを取りもどしはしない。唯一許されうる復讐とは、壁を乗りこえるというそれであり、精神の自由を保つというそれである。

向こうでひとつの貝殻、ひとつの法螺貝が頭蓋に触れるとき、こちらでは泥土が身じろぎ、太平洋の海底から湧きあがる水泡を解き放つ。しかし、叫んだり、不満を述べたり、憎んだりするためにそうするのではない。嵩高い闇を背負ったこの水泡が光のもとに穏やかに捧げられる、ただそれだけのためである。

この水泡が、奴隷制のもっとも過酷なところから生じたり、果てしない劫罰、すなわち、固着し痛んだままの存在論的な傷から滲みでる場合には、深海部のつぶやきは聞こえづらくなり、泥土の黒ずんだテクストを判読するのは、たとえ水泡が泥土の震えによってもたらされる場合であっても、難しい。

深海部で忘れられてしまったことどもから湧きあがる水泡は、窒息についてなにも忘れない酸素のごとく、空間を欠いた深部を知っている広がりのごとく、世界の表面で輝きわたる。〈深淵〉の息子が、リアリズムにおいても恩寵においても詩学においても、各地で国民をなす人々にたいして巨大な権力を手にすること、そして、この〈深淵〉の息子が〈全-世界〉の流れに影響をおよぼすことができることは無意味ではない。

実際には、表面上どう見えようとも、バラク・オバマ氏の今回の開花にだれ一人驚きはしなかった。なぜなら、クレオール化は予測不能である以上、驚きはおりこみずみだからである。とはいえ、一九八〇年代末の、こうしたクレオール化〔言語学分野ではクレオール語形成〕のプロセスをめぐる観察、記述および理論的観点がもたらされた時代に立ち返らなければならない。これらは異質な文化的諸要素（クレオール諸言語ではシンタックスも語彙も話し方もそれぞれまったく異なる要因から生じている）が綜合されるということを説明したのだった。この異質な文化的諸要素の綜合は、さまざまな目覚ましい進展によって、予期も予見もできないさまざまなものの総和をともなってもたらされつつも、これらの要素のいずれかが他の要素のために消滅することも変質することもなく、また、変化を被らないままであることもない。最南部の合衆国人は別かもしれないが、いわゆる合衆国人は、カリブ海域の住民のようには、クレオールではない。しかし、たとえば、ジャズという音楽は、アフリカの土台と西洋の楽器が組み合わさった、このクレオール化現象から生じており、この意味でジャズはすべての人々にとってじかに価値があるのだ。とはいえ、混血《メティサージュ》がクレオール化の主要形態のひとつであると捉えるならば、たしかに合衆国の住民は、私たちが指摘したように、カリブ海域やブラジルと比べれば、その混血の度合いは今日まできわめて低い。白人と黒人という二つの出自のアイデンティティ・グループは、互いに近づきがたい二つの存在のように、分離したままである。しかも、その他の民族ないし国民のグループは、隣りあって暮らしているだけで（これが多文化主義と呼ばれてきたものだ）、積極的に混血化することはなかった。

　黒人は合衆国であまりに野蛮かつ残酷な抑圧を受けてきたために、それ以外にはありえなかった。それに加え、白人は、とくにプロテスタントのピューリタニズムのせいで、混血に抗ってきた。しかし、このように混血が一般現象でもなく、はっきりした特徴でもないにもかかわらず、各人はアメリカ社会のクレオール化の、諸文化の混交《メランジュ》および諸文化の実態（この場合には多文化主義よりも進んでいるような実態）の多様化の傾向が顕著であり、したがって、さまざまな民族グループの接近、および混交と混成の領域の予見不能な漸進的拡大の傾向が顕著になっているのを予感していたのだ。これはさまざまな可能性のひとつのみならず、この社会の進化の蓋然性のひとつである。とはいえ、クレオール化とは、生物学の初歩的なことや文化的ミキシングといったことよりも、いくつもの想像域を関係づけるという考え《アンサンブル》もおよばないことである。

苦しみのさなかにあるすべての人々、つまり世界中のニグロは、あなたのうちに究極の安らぎを期待するという、幻想に包まれている。この期待はこの人々の弱点そのものと切り離せない。人々がかくして克服されると思っている人種主義《レイシズム》は、残念なことに、どんな論理にも帰されず、たいていは事実の明白さに抗うのであって、人種主義に反対する具体的証拠を、あなたがエレガントに示したところで、びくともしないのだ。

ネルソン・マンデラ氏を例にあげよう。マンデラ氏はこの惑星上もっとも讃えられる人物の一人であり、マンデラ氏の象徴的支持層は比類ないにもかかわらず、この象徴的支持層は、世界中の人種差別主義者によるさまざまな人種主義――もっとも辛辣なものからもっとも偽善的で陰湿なものにまでおよぶ――をいささかも変えられなかった。よそ者ではあるが有名なニグロとして、こうした国際的輝きに浴する、映画スター、音楽クリエイター、国際的に有名なタイトル保持者、国家の大臣や書記長、連邦の知事、スポーツの名選手といった人々を真っ先に讃えるのは札付きの人種差別主義者でもあるのであり（このことを、誉めそやされながらも見下されるという、剣闘士や外人傭兵の論理、ないし症候群と呼べるかもしれない）、こうしたニグロの有名人が、病んだ精神にたいしてなんらかの変化をもたらしたことはなかった。もっとも強力な権力（類稀な象徴）を有する一人のニグロがあたかも魔法の力で、合衆国ならびに世界中のニグロの当面の境遇をいささかも変えることはないだろうし、また、資本主義と西洋基準による管理に縛られる各地の民の当面の境遇をいささかも変えることもないだろう。とはいえ、マンデラ氏、そしてあなたのケースにおいては、象徴が高まる、そのことが重要なのだ。象徴が物事を直接的に変えうるからではない。そうではなく、さまざまな人類が社会体のなかに集合するたびに起こり、いまもなおも起こりうるような、諸人類のあいだの関係のうちの病的かつ耐えがたいものを、象徴は高次の強度で指し示すことができるからだ。

合衆国の政治社会は実態にたいして遅れていた。合衆国の政治社会のコントロールは伝統的に白人の手中にあったからである。黒人はこのゲームのなかに入ることはできずにきたし、そこに入れる方法があったとしても、極端なほどゆっくりで、市庁舎やさまざまな州特有の機関といったローカルな水準の話にかぎられてきた。そして、このことは、政治家の名門家系や支配力をもった大家族をうまく築くことのできた白人エリートたちの覇権に起因している。しかしオバマ氏はこの二分法から逃れている。オバマ氏は、合衆国の黒人、アフリカ系アメリカ人とは必ずしも言えない。彼の父はテキサス州やジョージア州出身の奴隷の末裔ではなく、アフリカ人である。だから彼の父はアフリカ系アメリカ人の多くが戻りたいと夢想し切望しているあの場所から直接やってきている。それでもオバマ氏の父は、いやだからこそ、〈深淵〉を知っている。オバマ氏が合衆国の政治現象のように現れたさい、黒人の多数派はこのことを歓迎しなかった。黒人の多数派にはオバマ氏を「十分に黒人ではない」とみなす向きがあったかもしれない。同様に、白人の多数派は、オバマ氏を完全に黒人だとみなしていたために「彼を支持しなかった」。バラク・オバマ氏がこうした障害、こうした不可能を乗りこえられたということが意味するのは、アメリカの政治的生活がついに、激しく流動するこの国民の社会的・民族的構成の実態にかろうじて合流しはじめたということだ。オバマを殺せの掛け声がすでに何度もあがったにもかかわらず。この最初の道を進みきったところで、上院議員候補のオバマ氏は消え、バラク・オバマが生まれた。この国の人口比や社会構成やそれがもたらす軋轢のうちに存在してきた多様性は、彼とともに、この国の政治意識のうちにようやく浸透したのである。

ラテンアメリカ、中央ヨーロッパ、東ヨーロッパ、韓国、アジアからの移民を考慮しておく必要がある。なぜならこれら移住の流れが、アメリカ先住民はこの歴史の当初からほとんどが殺されてしまうか、さもなければ帰化させられてしまった以上、白人と黒人だけが伝統的に向きあうという関係を断ちきったからである。移り住む者たちはおそらくこの〈深淵〉から再生し、そこから現れるだろう。なぜなら、クレオール化の素晴らしい部分とは、クレオール化はその構成要素が消えるがままに任せるのではなく、逆にこれが再構成されるのを促すからである。このもうひとつの交流、予期できない混交の形態が、アメリカ社会に新しい次元を生じさせ、アメリカ社会の反応と衝動に前代未聞の意味合いを与えるのだ。さらには、バラク・オバマとさまざまな候補者が交わした討論の場面で、対立候補者たちがチカーノやアジア系住民、ユダヤ人などの票をどのように奪いあうのかを確認するのは興味深かった。これと同様に、あらゆる予想を裏切り、バラク・オバマがさまざまな多数派の票を広範に獲得したのを観察するのも意味深い。

この国の住民のそれぞれはずいぶん前から「それ」が到来しようとしているのを見抜いていた。知的階級は、多文化主義やメルティングポットや異種混交のことをいまだ話題にしていて、そのことに気づくのが遅れていたのかもしれない。実際のところ、知的階級が話題にしていた多文化主義といったやり方はそのどれもが、すでに起こっているクレオール化の充溢した運動を押しとどめ、黒人と白人が対立しあうことを、本来は互いの不利益であるにもかかわらず、なんとしても維持しようとするものだ。とはいえ、バラク・オバマの出現の先には困難が待ちかまえている。政治をはるかに越える勝利をもたらした選挙キャンペーンの一般方針がたいへん見事に示していたように、彼の戦略が今後〈関係の詩学〉の方向へ進んでいくにつれ、合衆国の人種主義的な化膿と毒性が高じていくと予想される。社会体がより一層複雑になっていくこと、すなわち、押し寄せる移民を滋養にして社会体の錯綜が解きほぐせなくなり、ついには、この解きほぐせないものを認知することが、このウィルスにたいする抗体のひとつをなすのだ。
繰り返し。「壁が、光を遮るその壁の両側から、世界中を脅かしている。ついに壁は、窮乏の側では干上がっていたものを枯渇させ、富裕というもう一方の側では苛まれる不安を激化させるに至っている」［本書八五頁］。数多くの歩道橋と橋が建築される必要がある。まさに築かれるときに私たちが引き剥がしたこれらの壁を、歩道橋と橋の建築資材として。

主に政治的なものの領域で実行される〈関係の詩学〉とはなにか。ムッシュー、あなたは私たちにその答えをすでに示しているようだ。それはなによりも、分有し、交流し、混交するという変容がさまざまな想像域のうちですでに進んでいる以上、怠惰や予見不能への恐れなどで、それ以前にけっして戻ってはならないという意思である。旧来のモデルの枠組みや拘束が、みずからを確固たるものとして不毛にも押しつけようとし続ける場合、これとは別の解決策を、必要とあらば現状を一挙に打開するような、多くの場合は予期できないような解決策を見つけるという決意である。それは、霊的であれ知的であれ物質的であれ、どんな力によってもなにひとつ押しつけてはならないという粘り強さであり、これほど美しいものはないと確信するような考えはとくに押しつけてはならない。それは、決まりきった集いの決まりきった枠組みがその無用性を十全に示すたびに、それとは別の出会いと議論の場を探し、見つけるという喜びである。たしかに私たちはこう言うのだ、詩学から生じるこれらの反応がひとつの政治であり、政治をなしているのだ、と。世界中の国々において各地の社会体がより一層複雑になっていくことにより、数多くの変化から芽生えた、これらの決断、これらの交流、これらの変化は促進されるのだ。

## 複雑さが眩暈として生みだすもの

バラク・オバマの主要な対立候補の女性政治家[*28]はこう述べた。「彼は私たちのようではない」。この「私たち」とはまさしくWASP（アングロサクソン系プロテスタントの白人）のことであって、この「私たち」が知っていることといえば、白人か黒人か、という例の単純化した二分法だけだ。この女性政治家は知らないのだ。そういうことを言っておきながらも自分が、黒人や白人やありとあらゆる出自の人々からなる、アメリカ合衆国の民の大多数「のようでは」ないということを。どちらであれ、自分が人々の生成変化《ドゥヴニール》を警戒しているということを。「この女性政治家は世界を読みとらず、世界は彼女を読みとらない」。おそらく合衆国社会はこの人種主義的二分法の障害をいつかは乗りこえるが（そうではない場合には、全体主義が公認されなくとも日常に蔓延する）、間違いなく喪失と惨劇《ドラム》をともなうことになる。今回の当選をめぐっては、どのような影響が間もなく起こるのかはわからないが、ずっと以前からそうであったように、民族グループのあいだで暴力的な対立が起こるかもしれない。そうなった場合、バラク・オバマ政権がおのずからか戦略的選択からかはともかく、右寄りの方針をとることがあるとしても、この激変を収められないように思われる。いずれにしても、現在の動きは取り返しがつかない。〈深淵〉を逃れた、あるいは、大地に育まれたなにかはもう動いているからだ。各人は気づいている。バラク・オバマがこのクレオール化現象を素晴らしく、完全かつ絶対的に体現しているということを。新たな状況がやがて引きおこす、すべての悲劇とすべてのニュアンスによって、人々はこのクレオール化現象をだんだんと自覚していく。この指導者の出現が意味しているのは、合衆国世界が正真正銘のアメリカ世

＊28（訳註）　共和党の副大統領候補セイラ・ルイーズ・ペイリン（Sarah Louise Palin）のこと。

界になった、つまりは実際の多種多様性のなかにある新しい世界になったということだ。合衆国の民はついに、その他のアメリカ人のなかで、象徴的かつしっかりと具体的に、アメリカスの民であるのだ。

キューバよ、いかなる邪魔もなく、ただちに！
全面的緊急性のもとにあり、耐えがたい忌々しさに抗するハイチよ、即刻！

合衆国の住民はこのことを待ちのぞんできたとはいえ、このことを知らずにきたか、あるいはあえて知ろうとしてはこなかった。オバマは民族、人種、社会にかかわるさまざまな不可能への解決策である。第一の不可能は、だれしもがそうとしか言わない合衆国憲法の父たち、創設の父たち、この国の神話的と言ってよい英雄たち、各人が分別をもってそう祝いたたえる、ジェファーソン家とワシントン家が、奴隷の所有者だったことである。ジェファーソンは死の床で奴隷を解放するのを拒んだのだった。その理由はおそらく遺産相続者たちの権利を損なわないためだった。独立宣言の見事なテクスト（「すべての人間は平等につくられた……」）を作成した当人が、である。ひとつの共同体にとって、このような口にされないこと《ノン＝ディ》が不可能をなしている。黒人などまったく人間ではないという考えに、人々が賛同しているのではなければ。オバマはアメリカの歴史を取りもどす。彼はこの口にされないことを取りもどし、深淵を別のやり方で埋める。オバマの創設の父たちへの準拠は、絶対的であり、いかなる留保もニュアンスもなかった。この点を書きとめておくのは無意味ではない。そして、このとき、エイブラハム・リンカーンのすでにして主要な懸念だった〈ユニオン〉（統一）のために、黒人とこの国のその他のマイノリティの全般的境遇をいったん傍に置いているように見受けられた。オバマが、まさにこの瞬間、黒人とその他のマイノリティをこの〈ユニオン〉のなかに、この国の歴史のなかに、それそのものとして、そう、この瞬間に、はじめて、完全な権利をもった存在として、参入させていることを自覚していなかったのでなければ。

まずアフリカ系アメリカ人があなたを認めなかった。アフリカ系アメリカ人はこの複雑さがどんなに重要であるのかを判断できなかった。〈深淵〉の息子たちである、アフリカ系アメリカ人は大西洋の深海の泥土と〈プランテーション〉の粘土でもって初発の苦しみを以前は保持していたのであり、彼らはその苦しみのアーカイヴにとどまり、苦しみのアーカイヴは消されまいと抗ってきた。彼らはほとんどいつでも大西洋の〈深淵〉を飛びこえるのを望んできたのであり、アフリカに触れ、アフリカに戻ろうとした。アフリカに確信を見出そうとし、リベリアとシエラレオネという苦難の夢を実現しようとさえしたわけだが、それらの国々は現在、古い諸世界の袋小路に陥って、もがき苦しんでいる。彼らはアフリカを幻想的パラダイムにまで高め、アフリカを幻想のまま動かさず、この幻想としてのアフリカのうちから一歩も動かない。このことでアフリカ系アメリカ人を非難したり、これについて彼らに教訓を与えたりすることなど、だれができるのだろうか。

〈深淵〉の息子たるアフリカ系アメリカ人は古い諸世界にもはや属してはいないが、そのことに目を向けないことが多い。であるから、彼らは多くの場合、知らず知らずのうちに、したがって完全に油断したまま、（一種の優越感に浸る）米国人《ヤンキー》なのだ。彼らの戦いの切迫感、数多くの対決の強度、屈してはならなかったあの日常に深く食いこんだ不正義といったことが世界の新たな地域およびその群島に続く踏み跡《トラセ》の兆しを滅多には認めないだろう。すなわち、アフリカ系アメリカ人自身がその多様性のなかにいることに続く踏み跡の兆しを。アフリカ系アメリカ人《アフリカン＝アメリカン》という呼称は、アメリカに打ちこまれたアフリカなるエッセンス、とでも言うようなものだった。見事な防備だが、生《ヴィヴァン》きることに反している。あなたという存在がそう言っているのであり、私たちのほうでも同じことをあなたから聞いているのだ。

彼らがあなたのうちに、あの眩暈のうちに、〈深淵〉から湧きあがる泥土のあの聴衆のうちに、〈全-世界〉のあの底知れぬほどの複雑さのうちに自分たちの姿を認めるならば、彼らはいまこそ自分たちの信条を、開かれたエネルギーへと変える数えきれない好機を得たからこそ、そうしているのだ。それにこの開かれたエネルギーは合衆国の利益でしかありえないだろう。合衆国人全体のうちで、あなたに向かい、あなたとともにある彼らの動きは、〈全-世界〉への生成変化を続けるすべての意識にとっても同じく貴重であるだろう。歌であれ、詩であれ、ひとつの民の身震いであれ、複雑さを目ざすどんなにささやかな動きでも、すべてを無限に高揚させるのであり、あまりに細かすぎるディテールと結びつく。意識は拡大していく。想像域は広がっていく。そのとき、この〈全-世界〉の意識は、複数の政治と詩学の観点から、表明されることや認知されるのを望んでいるのだ。

眠っている、苦しんでいるエネルギーは、この複雑さによって、なにかを失ったりどこかが変質したりするのを恐れることなく目覚めるのだ。そしてあなたであるところの〈深淵〉の息子にして〈全－世界〉の眩暈は、古い想像域の拘束にいまだ囚われたままの数々の戦いを、地球上の多くの場所のうちで動かすかもしれない。いくつもの世界が連関するもっとも苦しい部分のうちにすべての人々の希望を打ちたてよ！

繰り返し。「貧困国から超富裕国に向かう移民のコントロール不能な大量流入については、決断的で即自的に対応しなければとりかえしがつかなくなるものではないような数多くの措置によって、バランスをとることができる」〔本書八一―八二頁〕。これらの措置は、ありうる〈関係の詩学〉にかかっているだろう。

人種をめぐるバラク・オバマのよく知られる演説の射程は、実際のところ、人種のあいだの、さらに巧みに社会階級のあいだの、この関係にまでおよんでいた。オバマ演説は現状にたいする深い認識のみならず、現状にアプローチする新たな戦略への優れた資質を示していた。人種問題をあつかう従来のやり方は、そのやり方では具体的状況をもはや乗りこえられない点で、今日では適切ではないかもしれない。たとえば、私たちが考えているのはバラク・オバマを何度となく非難した例の黒人の牧師のことである。私たちはこの人物が言いたてていたことは正当だと感じている。アメリカ黒人の歴史を想起すれば、アメリカ黒人はあまりに長い期間にわたって強制労働、屈辱、無視、最低限の生活以下の状況、伝染病、拷問、リンチ、救いがたい分離政策、こうしたことを、南北戦争の以前と以後にわたって耐えしのんできたのだから、解決策と折り合いをつけられるかどうかといえば、これを認めるのは難しいと感じて当然ではある。とはいえ、牧師のやり方が今日においてもっとも有効で、もっとも正しいというわけではなく、しかも、生成変化を続けるもっとも豊かなものである、というわけでないのは明白だ。牧師は危うくオバマを不可能な状況下におくところだった。彼だって、あのオバマ勝利の晩にはおそらく涙を流したであろうし、酸素は彼の高潔な呼吸困難に息を吹きこんだのだ。彼はバラク・オバマの手を握ったのだと期待しよう。

　同じような妄信的なやり方が白人の大多数のうちに認められるが、その動機は人種的支配への情念以外のなにものでもない。私たちが〈対立候補〉と呼ぶ、氷原出身のこの女性政治家は完全に妄信的であり、自国の現実を知らないでいる。聞くところでは、彼女のアラスカ[*29]はこの国の深南部のクー・クラックス・クランが住む小さな村落に隣接しているそうだ。これはアメリカ市民社会の身の毛もよだつ現象だ。仔細を確認するにはおよばない。こうした態度は怪物的である。これは合衆国のなかで消滅するのにもっとも時間がかかる側面かもしれない。と同時に、さまざまな動的な力がこの社会内を迅速に駆けめぐり、社会のさまざまな次元が、社会集合体を構成する、起源と切りはなされたすべての粒子と要素が衝突して出会う運動を加速させているのであって、目下の現実とは、この国で用いられる基準自体にしたがえば、新大統領はまさに黒人だということなのだ。移民は人種特殊主義をだんだんと凌駕してきているように思われる。この点で、移民が大量流入し、社会にまたたく間に定着していくことが、悲観主義的予言の徹底を阻止している。

南北戦争の前後と一九六〇年代以降に黒人の闘争について語られきたすべてのことが、かつてないほどのアクチュアリティを帯びており、実際にもこれらの闘争なしには、つまりは、ローザ・パークスとマーティン・ルーサー・キングなしには、殺害されたブラック・パワーの闘士たちなしには、弛まぬデモ行進なしには、路上で撃ちころされる黒人の若者たちのスキャンダルなしには、モハメド・アリとマルコムXなしには、オバマの勝利はありえなかったはずだ。しかし、黒人の生存権の名のもとのこれらの闘争もまた、自分たちの行動を、白人至上主義の思想と現実との対決のみに閉じ込めてきたのだったし、白人至上主義のイデオロギーはいまだに廃れることがない。たしかにこの対立軸の固定は必要だった。しかしながらオバマはこの枠組みを当然のこととして乗りこえ、あらゆるマイノリティを結集させ、別様に言えば、オバマはあるがままの白人にはもはやなにも頼まず、なにも要求せずに（白人の大半がオバマのあとを追い、熱狂し、勝利に沸きたった瞬間に黒人と一緒になって涙を流したのであり、いまではオバマは自分自身の決心を行動に移すことができる）、それとは反対に、白人に多くを、とりわけ、混交と平等の偉大な国としての発展に加わるという実質的機会を与えるのであり、それこそが彼の輝かしい勝利なのだ。クレオール化とは転覆させる混血であり、予期不能な数々の産物をともなう。

　あの切れ切れになった真実、あのばらばらになった確信、すなわち、あの巨大犯罪の衝撃による当初の一体性の崩壊は、海底の流れのなかに沈みこみ、奴隷船を押しやった

---

＊29（訳註）ペイリンは二〇〇六年一二月四日から二〇〇九年七月二六日まで一一代目アラスカ州知事を務めた。

のと同じ風の息吹へと押し流され、現在では、この混血《メティサージュ》と混交《メランジュ》のうちに、衝突、結合、錯覚、混沌、妄信、慧眼、古くなった取り決め、大胆なヴィジョン、動くことなき彷徨のうちに、〈全-世界〉のこのざわめきのうちに、みずからを認めるのだ。要するにこうしたことすべてが〈関係〉である。

さまざまに可能なこと、つまり、いくつもの想像域に夢中になってその意味や無謀を生きなければならないということは、〈関係〉のうちにあるのだ。

〈関係〉を無視するにしても、私たちはこれを被っており、なにもしないでいてもこのなかにいる。〈関係〉に思いを巡らせ、これを体験し、これを駆りたてるならば、私たちは〈関係〉に想像域の炸裂、詩学の閃光、政治のヴィジョンを刻印し、〈関係〉に美しさを義務づける。搾取、犯罪、支配は、美しさの感情にはけっして通じない。

孤立した記憶、原理主義、分有なき国民史、民族浄化、他者の否定、移民排斥、偏狭な態度のうちには美しさは存在しない。さらには人種ないしアイデンティティの本質のうちにも存在しない。生産という名の資本主義のなかにも、財界のヒステリー、市場とハイパー消費の狂気のなかにも存在しない。

美しさの不足は生きること《ヴィヴァン》「生きもの」への侵害の徴であり、抵抗への呼びかけの徴である。美をめぐって、抵抗、生存、政治的なものは、生きること［生きもの］の活力ですっかり満ちる。ルネ・シャール。「私たちの闇の内部には、美しさのための居場所はどこにもない。場所とはどこであれ美しさのためにある」。

エメ・セゼール。「正義は美しさの扉に耳をそばたてる」。いまや、あらゆる地平からやってきて、みんなで一緒にあらためて思いだすべき美しさは存在するのだろうか。反対に、債権を要求し、負債の返済を求め、用益権を吟味することだけが必要なのか。

奴隷制時代の損害にたいする賠償に同意する者は偉ぶり、これを実際に請求したり権利要求したりする者は平身低頭する。例外がひとつだけある。ブラック・アフリカだ。奴隷貿易によって貧困と発展途上の底辺に、その全体が持続的かつ深刻に放置されたアフリカ。西洋諸国はこの面においてアフリカにたいする負債を負っている。いわば本源的なこの負債は弁済されなくてはならない。施しをすることでも、補償することでもなく。損害賠償（さらには改悛）にたいする弛まぬ権利要求は、別のことを考えたりおこなったりするのを妨げかねないと私たちには思える。オバマがおのれのこれまでの政治活動のフルタイムとエネルギーをこうした損害賠償にたいする権利要求に用いていたとしよう。その場合、おそらくオバマは、合衆国大統領に選ばれるというこの好機を盤石にするのにいそしみ、実際に大統領になるのに成功するという機会もエネルギーも、もちえなかったはずであり、大統領就任ということが、全員《トゥ・ル・モンド》にとっても〈全-世界〉《トゥ=モンド》にとっても、おそらく、かつても今後も実現した最大の進歩のひとつであるだろう。では目下のところ、彼は補償を自分自身にたいして求めるだろうか。いや求めずに、彼は正義を実行するだろう、自身の国の持たざる者たちのために、傷つけられ、貶められた国々のために。そう願おう。

　さまざまなブラック・アフリカを〈全-世界〉のすべての切迫性のただなかで名づけること。被ってきた犯罪を思いだすこと、その不均衡に陥った歴史を教えること、屈辱から回復すること、負債を帳消しにすること、公正な実践を全的に開始すること、略奪に対抗する法律を完備すること……——名づけよ！

　経済的、金融的犯罪を裁くための国際法廷を創設すること。なぜなら、飢餓をめぐる暴動も、切迫した移住も、アフリカ各地の民を無力にする災厄も、けっして自然発生的なものではないからである。〈全-世界〉では無法地帯も、名前のない犯罪も、もつわけにはいかない……——着手せよ！

なんらかの世界機関によって、地球上の富への影響力の具合に応じて、恵まれている諸地域に、移民を受けいれる場所や、貧困を引きうける分量や、災禍による大崩落に直面する責務を分配すること。すべての人々があらゆる渇きとあらゆる飢えに仕えているのだ……——ためらうな！

## 世界の叫び

今日「オバマの勝利以降」、フランスをはじめとする優遇された多くの国々は、自国のニグロを捜しもとめている。行政は何人かのニグロの知事をひけらかし、テレビはスタジオや討論番組の視聴者階段席を（つかの間だけ）重宝されるようになるこれらのニグロで飾りたてている。そして、おそらく間もなくすれば、政党が不吉な「多様性《ダイバーシティ》」の旗印をこれ見よがしに掲げるだろう。これまで見えないままだった能力ある者たちはチャンスを手にしてラッキーだろうが、平凡な人々は息をこらえながらなんとか家畜のえさ程度の食料を手に入れることになる。一人の黒人が合衆国大統領になることによってニグロが人間だと認知されるのを必要とする人にたいし、私たちが賛同できるのは、障壁ができるかぎり取りのぞかれた場合だけだ。私たちは人種主義にたいして対抗的人種主義や高潔な人種化モデルでもって対決する必要はなく、もっと別の想像域と直接かつ平静に慣れしたしむことによって、人種主義を失効させる。この想像域では差異は純然と彩色を放ちながら、衝突し、対立し、はじまるために結びつくのだ。

繰り返し。「私は〈他者〉と交流しながらも、自己を喪失も変質もさせずに変容することができる[*30]」。

あなたは〈関係〉の結果として生じているが、あなたの想像域は〈関係〉として構想されてはこなかったかもしれない。けれども、あなたの想像域は、〈全－世界〉のなかのあなたの合衆国人としての物語と自覚が〈関係〉からつくりあげたものでもある。そうであればこそ、なによりも重要であるのは、〈深淵〉のざわめきが、はるか遠くで、広々と聴きとれることであり、古い固定観念が捨てさられることであり、それぞれの人々が〈深淵〉の歌を経験でき、この歌から経験を引きだして能力を高めることであり、そうしたさまざまな人々《モンド》が〈全－世界〉をなすことなのだ。あなたは世界の悲惨に開かれた態度をとっており、世界の困窮、世界の不透明性に敏感な心をお持ちだ。私たちはあなたにこうお願いする、〈深淵〉の深い歌をなにひとつ忘れないでほしい、この深い歌を政治にしてほしい、その政治のなかで、その政治をつうじて、〈全－世界〉はあるだけでなく探されるのであり、想像されるだけでなく発明されるのだ。

若い詩人ならばそうするように〈全－世界〉におもむくのだ！　これがもっとも現実主義的な政治なのかもしれないのだ。

だが、バラク・オバマ大統領が帝国主義者によってあらかじめ決定された運命の循環から逃れられるかどうかは、私たちにはわからない。たしかに彼は運命の循環から逃れるにはほかの人よりも才覚に恵まれており、実際、アメリカ社会の根本的変化が彼を支えているからだ。しかし、合衆国人は心からこう信じている。自分たちには世界を主導する使命があるのだ、と。石油と富を独占する資本主義陣営の側のみならず、オバマ陣営の側もまた事態を改善しようと努める、つまり善に向けて主導することを言外にほの

＊30（訳註）グリッサンが折々に繰り返す言い回し。たとえば以下のなかにある。Édouard Glissant, *La Cohée du Lamentin*, Gallimard, 2005, p. 25.

めかしている。合衆国人のこの感情は、自分たちの出自であるヨーロッパを抜いてしまい、そのほかの世界をすっかり引きはなしているという印象を彼らが抱いていることに由来している。アフリカ人であれ、韓国人であれ、スコットランド人であれ、合衆国人になった自分はもはや世界の向こうで暮らしていると思いこむことができる。主導するという意思がもっとも浸透している人々の大部分は、この世界を概して知らないか、この世界を忘れているのだから、この主導するという意思はますます憂慮される。イラク侵攻以前、合衆国人は、イラクが三千年におよぶ大文明を継承している地域だということを知らなかった。専門家だけがイラク侵攻後を見こして、バクダッドにある博物館や美術館の収奪を企てることができたのだった。合衆国と世界との関係は込みいっており、その関係は多くの場合、力関係に立脚している。バラク・オバマが大統領に選出されたからといって、世界がこの国をその点で歓迎するのにはなんの重要性もない。重要であるのは、合衆国がこの点で世界を歓迎することのほうである。まさにこれこそがオバマの選出に賭けられていたことなのだ。たとえば、イラク人が未開人ではないことをこの国全体に知らしめる、といったことが。クレオール化のあらゆるプロセスのさまざまな効果や帰結にならい、バラク・オバマが世界を知っているように思えるのみならず、この世界にたいして公正な直観を抱いているようにも思えること、これが希望である。

この「詩学」は、奇跡でもあり、もうひとつの政治の土台をつくるものになるかもしれないものの、この選挙戦とその帰結としての勝利の高揚期を果たして生きのび、このような国の外交と軍事を統べる新たな指導者に課される、さまざまな義務に抵抗できるのだろうか。ユートピアとは世界に欠けているものであり、さまざまな不可能が絡まりあう結び目をほどくことができる、唯一のリアリズムである。グローバル化した見えないシステムが恐れるかもしれないのは、あなたが黒人であるということではなく（システムはそのことに適応し、相変わらず利益を引きだすはずだ）、あなたが、システムに付きしたがう者たちや運命として甘受する者たちがいまだ知らない力を盛りたてることのほうであり、その力によってシステムの進路が勝手に定められてしまう可能性のほうなのだ。

世界の叫びを聞くのだ！　それは懇願などではない。それによってあなたがこの世界を主導するように呼びかけられているわけではまったくない。そうではなく、世界が、世界の生成変化の責任をあなたと分かちあわせることで、あなたがまさにあなたという人であることを承認するためなのである。

合衆国人の世界にたいする型どおりの無理解は、大陸征服の実施、極西部《ファーウェスト》の伝統に由来している。私たちの基本的な考えによれば、合衆国人の精神、心、社会生活上のバランスはなにを差しおいてもこの極西部の経験に立脚しているのであって、この極西部の経験の影響がさまざまな人種主義、略式裁判、武器所持の権利、語られないままのアメリカ先住民の生と死、保安官、リンチ、「目には目を」のルールと反射的行動、風景の抹消、バイソンや熊といった野生動物の虐殺といったことにおよんでいるのだ。大陸全体において合衆国の統一を一刻も早く成しとげることが重要だったのであり、この大陸全体こそが世界であり、あの開拓者たちと彼らに開拓の使命を託したこの国の東部住民にとっては、まさしくこれこそが世界だった。野蛮な暴力がこの統一に向けた最短ルートであり、この暴力は各地の大都市にも根を下ろし、南北戦争で表面化した。その後、世界中（メキシコ、そして太平洋、日本、中国方面）でこれを継続し、前進する責務は軍隊に託された。しかし合衆国人は世界から興味をもたれることはなかったのであり、彼らを駆りたてるのはやはり北米大陸を「実現する」ということだった。合衆国人は二つの世界大戦に危うく参入しないところだった。しかも、合衆国の支配は根本的に領土的なものではなく、あちこちでおこなわれるその支配は金融的、経済的、戦略的だ。空間を占領するという帝国主義ではない。この国は植民地をつくろうとしない。というのも、この国がそもそもそうした植民地だったからであり、そのために植民地の実態を警戒しているからである。この国は地球上の戦略拠点を占領することで満足し、この戦略拠点占領の支持者たちは、極西部の開拓者のモデルにのっとった開墾にいそしむ開拓者たちよりも、たとえば南アメリカのユナイテッド・フルーツ社の非情な幹部であるように見えるのだった。合衆国の外の領土であるアラスカ、プエルトリコ、ハワイが、合衆国内の領土全体と比べた場合には、（領土的広がりや重要性において）ほぼ塵芥に等しいことは大変興味深い。

合衆国の政策と思想は、なによりもまず強力かつ頑強な大陸的性質を帯びていた（西部に殺到する人波のようにまっすぐに跡をつけ、多くの場合、「それは法律違反だ」というように、一切の融通の利かないシステムに立脚してきた合衆国の政策と思想は、迂回のないプロジェクトを設計しつつ、矢のように発射し、この国は自前でつくりあげたものであり、だれの手も必要としないという考えのためにすべてを犠牲にする）わけだが、問題は、このようにこれまでひとつのブロックとして築かれたかのように見え、また、ひとつのブロックになることをこれほどまで野蛮に目ざしてきたこの大陸が、目下のところ、どうも群島化しているように見えることである。群島化は分裂ではないし、弱点を生みだしはしない。しかし群島化は既成の考えをすべて拒絶する。

そのとき、この国はその驚くべき多様性と一緒になる。それはこの多様性から一枚岩の統一を実現するためではなく、深淵の持続する反響と〈全‐世界〉のざわめきのなかで、無数にあり、矛盾を抱えるほどに豊かな差異をこの多様性でもって自由に経験するためである。極西部は、カルフォルニアの海岸よりも、むしろ多様性とともに完成するのであり、あるいは変容を遂げるのである。

**関係のなかでは力《フォルス》は可能態《ピュイサンス》の力ではない**

ムッシュー、無礼な質問かもしれないが、あなたは米国人《ヤンキー》なのだろうか。あなたは、政敵や先人の大半に比べて横柄でも無分別でもおそらくないとはいえ、天性の統治者なのだろうか。

なぜなら、あなたの考えでは、合衆国は世界を主導するという使命を授かった、ないしは得たからだ。これにたいし、世界各地の民が、支配されるという悲劇を経て得る使命とは、〈関係〉のなかに入り、分かちあって豊かになり、もっぱら交流をつうじて自己構築を遂げるほかにはない。

なぜなら、あなたは、力《フォルス》の効力[*31]、さもなければ力が発揮される時宜なるものを信じているからだ。ところが、〈全－世界〉の底知れない迷宮のなかでは、力とは、もっぱらみずからの力そのものに立脚するゆえ、その都度、おのれの限界を感じるほかなかった。朝鮮戦争からアフガニスタン戦争まで、力の弱さと無力に突きあたってきたのである。

軍事力もそうであるし、財力、経済力もそうだ。世界中の人々は、この力を高く評価するあまり、忠告や警告を浴びせてあなたを参らせてしまいかねない、などと厚かましくも思っているわけだが、そこには希望と不安が表明されているのであり、まさしくあなたが、合衆国が計画したり、世界に強要したりする、すべてのことを考えるよう、私

＊31（訳註）「力（force）」は合衆国の有する文字どおりの力（軍事力や経済力）を指している。これにたいし、グリッサンとシャモワゾーが肯定的に用いる「可能態の力（puissance）」はユートピアを実現させる潜在力である。訳注＊24も参照。

たちを導いたからだ。こうして、逆説的だが、あなたの当選はあなたの国が世界に与える影響を強めたようにも思えるのだ。それからというもの、あなたの考えについて、世界中の意見は激しく対立する方向に向かっていく（なにも変わりはしないだろう）、（すべてが可能となる）。

そうであれば、ドルはいまや唯一の国際的基準貨幣ではなくなったのであり、そのことによって合衆国は、国際金融システムの繁栄や危機の責任を担うという不安定な立場から解放されるのだとあえて考えてみるべきかもしれない。基準貨幣としてドルではなく金を望んでいたドゴールはそのことをかつて予感していたのだった。ドルが基準貨幣であるかぎり、合衆国は百兆円の負債などお構いなしだ。国際経済の無秩序の最大原因のひとつであるタックス・ヘイヴンは、人々がドルまたはドルに相当する金融物を蓄える場所であり、金を蓄えているわけではない。国際経済の無秩序の進行を遅らせるか和らげることができるかもしれないことのすべてが、合衆国に待ちのぞまれている。合衆国の責任者や決定機関の通知と政令が、世界中の株式市場の相場を決定し、金融活動の動向と商品流通の変化を方向づけている。石油や国家戦略上必要な金属といった原材料だけが、すべての人々にとってまったくわからないどこかの株式会社の役員会に牛耳られているのだ。

とはいえ今日、合衆国はもはや乗りこえられており「世界のトップではないということ」、この国特有の社会的混乱から抜けだせないように見える。その解決策を想像するべきだが、資本主義のリアリズムではもはや解決に至らないのではなかろうか。合衆国は、解決策をすべての人々と一緒に決めることを受けいれるべきだ。ラディカルでもある措置がとれないならば（ドルを「切りかえる」ことができるかもしれないのはだれかということだ）、あなたが、慣例でも義務でもある経済と政治の要請（枠組み）とは別の場所かその傍で、別種の新たな方途でもって想像することを待つべきではないだろうか。なぜなら現状の危機のなかに捩れや歪みがあったわけではなく、合衆国に内在する不条理があらわになったということだからだ。みずからに異議を唱え、この異議を直接強めることのできるこのシステムを畏怖すべきだ。

合衆国の文化的優位という評判もまた現実と想像が入りまじっているように見える。

英米のヘゲモニーはなによりも英語の犠牲という条件のもとで成りたっている。アメリカ英語とは五百語か千語で話すことができるような言語のことであり、それによって、国際関係、商取引、科学技術、スポーツの催し、ショービジネスのノウハウを切りもりし、そしてこの言語に都合よく外国語作品がフォーマット化される場合には出版の成功に導くのである。だが言語とは生きた身体であり、前進し、勘案しながらも、影の領域、ためらいの領域を有している。私たちは、その圏域では力強く、構造上は脆弱で、いつまでも付与される言語［英語］が、その優位性を首枷のように強いていくことを、〈全ー世界〉の生きた解決策だとは思わない。〈全ー世界〉の基本活力とは予測不能にあるのだ。

私たちが信じるのは、小さな邦々の未来であり、あちこちのグローバリゼーションの非情な論理から逃れて、あれこれを発明し、密売人たちがその場しのぎと呼ぶような仕方で暮らしている、さまざまな場所の未来だ。思いがけない可能が無限であるのを見抜くのだ。

私たちが信じるのは、私たちが現に向かっている、この混合する、多種多様な世界のなかで、各地の言語が生存と関係のさまざまな可能性を増やしていくこと、つまりは、たとえよく見えず、たとえよく知られていないものだとしても、同質性への暗黙の抵抗のさまざまな可能性を増やしていくことである。各地の言語は互いを「理解するだろう」。この言い方で仄めかしたいのは、これらの言語はそれぞれのあいだに存在論的仕切りを設けないだろう、ということだ。

私たちが予感するのは、合衆国公認の演劇・映画、さらには合衆国の（表現手段にあふれた）さまざまなアートが美《ボー》の技法を担ってきたことであり、これを完璧な域にまで達成させたのかもしれない、ということだ。この美の技法は、同じく、効率性の類義語とそのモデルだとみなされており、世界中の人々の連なりのなかに散らばる感性に影響を与えているわけだが、とはいえ人々は少しずつ、あるいはだんだんと、美しさ《ボテ》の傍を通りすぎていたのかもしれない。美しさに生き生きと震えながら近づくにはあともう少しであり、その美とは多くの場合、心を揺さぶる凝結である。

私たちが予感するのは、合衆国の生活様式を強要することでは経済の世界危機に抗うのはおそらく難しい、ということだ。だからこそ私たちが検討するのは、すべてに開かれ、すべてが可能であるこの国のなかで、数えきれない、起爆的な創造性の出現の機会でもあり、おそらくそうなる、この複雑さの全貌である。

帝国に勝利するのは、多様性《ディヴェルシテ》のみだ。けれども多様性は、あらゆる帝国の活力ある要素を救いもするのであり、これらの要素を高めて増やしていくのであり、そうすることで帝国は以後、帝国みずからが公布する法の数々に縛られずに存在して機能するのだ。存亡を賭けた競争と欲得の追求を越えて、各地で作用している〈関係〉(変化)の推進力を、世界は必要としている。合衆国でも中国でもインドでも、ブラジルでもポリネシア群島でもメキシコでも、人里離れた山間のどんな村でも、世界の広がりのなかでのどんなところでも。こうして世界規模の政治は、すべての人々を聴衆とする集会所で定期的に開かれるフォーラムを、すべての人々が維持し、すべての人々が気にかけるフォーラムを必要とする。組織することの強度を。

各地の民は、国民としての力がその国の偉大さをつくりだす時代は終わったと予感している。そのことは、国民がその唯一の価値であるとはもはや信じていないということである。というのも、さまざまな人類の条件の完全な真実を握っている民はおらず、唯一無二の民はいないのであり、すべての民がそれぞれ唯一であって完全にそうであるような民はひとつもないからである。国民の偉大さとは、国民の直観する正義から生じるのであり、そのさいに重要となるのは、ありとあらゆる国民と共同体とのあいだの釣り合いである。だから国民の偉大さとは、この釣り合いをバランスよく保つために、国民が提案ないし実施する措置によって確認される。そうした提案を、なによりも厳しい現実の前では片隅に追いやられる、ユートピアのようなものだと揶揄してもなんの意味もなさない。これらの提案が、さまざまな人類の想像域のなかに進むべき道をつくっていくことに変わりないのだ。ユートピアはいつでも私たちに欠けている道である。

繰り返し。「現在（テロリズムや野放しの移民や好ましい神を口実に）建設されるいくつもの壁は、文明のあいだ、文化のあいだ、アイデンティティのあいだにそびえ立つのではない。これらの壁は、貧窮と過剰な豊かさのあいだに、裕福だが不安がる陶酔と乾いた窒息のあいだにそびえ立っている。つまりはこうだ。これらの壁に区切られた現実は、それらの現実が各所で募らせる矛盾が問題である場合、世界規模の政策が、適切な諸機関を備えることで、調整したり軽減したりでき、さらには解決できるということなのだ」［本書七一頁］。

「世界の各地の困窮にたいして、このようにそびえる固い壁は、資本の移住、金融の感情的な揺らぎ、制覇をねらう商品の群れ、襲来するテクノロジーとサービスの集団

──大量に規格化を進め、きわめて見えにくい自由主義的貪欲さを一方的に育てる──を前にすると、面白いことに崩れさってしまう。突如として卑屈になったこの同じ壁は、こうした有力者たちが通過するときには挨拶をするかのようである。これらの有力者たちは国の証印をもはや見せびらかすこともなく、もはや自分たちの言語を選ぶこともなく、素顔で通過するが、その顔は見分けがたく、匿名で画一的であり、独自の国境システムをもつ地誌という地誌に足跡を残していく」［本書七二頁］。

私たちはこれらの力をどこにも認められないだろう。なぜならこれらの力は本当の場所をもたないからだ。

同じように、私たちが予想するのは、合衆国がもっとも効率的に操縦してきた技術の総体は、予測不能な発見という不透明な身体でありながらも、不動にして断片化された世界であるということだ。中世ヨーロッパで手稿を書きうつしてきた職人や腕利き（写本をおこなう修道士）は、印刷術の出現を、美しいオリジナルの手稿の有する様式、書記、書法の質を破壊する蛮行のように経験したのではないだろうか。なんであれ反対を唱えるエリート主義的反応を追認してはならない。SMSやチャットは新しい様式をつくりだすのだろうか。そうかもしれない。そうしたものがその他のあらゆる様式の可能性、すなわち、言語や思考のうちに新しい暗黙の了解を探求する可能性を枯渇させてしまうのだろうか。そうかもしれない。だが、こうした問いを時期尚早とみなしたり、早々に結論づけたりする意見を支持してはならない。勝手に生き生きと駆けめぐるのを拒んではならない。関係の詩学は予見不能であり予言不能である。関係の詩学は、過去のもっとも奥に押しやられ、さらにもっとも遠くにさえある過去の奥底に後退してしまったが、ある時突然よみがえるかもしれないさまざまな伝統と、未来のなかでもっとも大胆不敵だが、少しずつ退行してやがて無音の置き物になりはてるかもしれない、あれこれのテクノロジーの双方をふくみこむ。その周囲の空気をすべて吸いこもうとする、常軌を逸するメガシティと、忘れられた海のなかに消えたかのように見える、周囲の緑がかった水面よりも高いわけでない島の双方を、同じ注意力でもってよく眺めよう。

〈全－世界〉は、ユートピアの情熱、夢の活性、詩学のうるわしい彷徨に敏感だ。〈全－世界〉は、私たちのグローバルな政治と、私たちが分かちあう言葉の原則に照らして、アートを選び、それがアートであることを見抜く。〈全－世界〉は私たちが世界の新たな地域を予感できるようにするのであり、私たちは、数多くの道とそれだけに異なる手段でもって、この新しい地域のなかに全員一緒に入るのだ。

私たちが住まうべきは無限の群島だ。島々の連なり（共通の市場や戦略的同盟、資本主義者の住処や小魚のような資金の大群）ではなく、千の海岸で結びつき、決まりごとなく知りあい、かつての不可能を越えて心を通わせる、いくつもの場所だ。漂流するいくつもの想像域は、いくつもの大洋の上空、いくつもの境界の上空、神々の沈黙のなか、興奮のなか、いくつもの大陸のただなか、点在する島々のなかで交差し、すぐに消えてしまうためにだれも描いたことがないような地図を現出させる。〈全－世界〉は、〈全－世界〉の群島的構造のなかで生きるほかない。〈全－世界〉をつかむ唯一の方法とは、〈全－世界〉を捉えないということなのだ。

〈全－世界〉の聞きとりがたい反響のなかでは、ありとあらゆる不正義はハリケーンになり、サイクロンの威力を強め、勢いを増すことを止めないよう、燠火《おきび》に活力を与える。消えることのないパレスチナの戦闘はそういうことなのだ。すべての民の遺産エルサレムは、二つの守護国家に開かれた空間を築いている！　いままさに。

その二八年間におよぶ孤独、すべての人々が分かちあったと信じたいその孤独のあいだ、ネルソン・マンデラ氏は自国のことを深く考え、しかも自国が〈全－世界〉のなかにあればこそ、マンデラ氏はなによりも広大な沖のように行動し考えたのであり、権力の座から早々と遠ざかった。マンデラ氏は力を放棄し、可能態《ピュイサンス》の力をもつことにしたのだ。力によってでなく、権利の可能態の力によってパレスチナに正義を。力によってでなく、分かちあう公平の可能態の力によってイスラエルに正義を。大量殺戮、パンデミックに打ちすてられ、晒されたすべての土地、あるいは水・風・火の危機にただひたすら放置された、すべての土地に正義を。

出会い、分有し、共生し、あるいはシンプルに共存する国と都市、サラエヴォやベイルート、あるいはニューオーリンズやポルトープランス［ハイチの首都］といったクレオールの街は、各地の海原の原理主義者から徹底的に標的にされるか、数えきれない貧困に間断なく屈するか、最悪のカタストロフィに見舞われるさいにはその運命にうち捨てられたままだ。サイクロン・カトリーナ[*32]通過後のニューオーリンズ住民の遺棄状態については、私たちはこう指摘できる。これは例外ではないのだと。持たざる民たちが今

＊32（訳註）カトリーナは二〇〇五年八月に発生し、ニューオーリンズの八割が水没した。

回のように自然の打撃を喰らうたび、救援は大抵耐えうる限度を越えるまで待たされる。これが富裕国が宣言してきた、あの介入の権利の帰結である。富裕国は、そう望めば、いつでもどこでも、自分たちのリズムに合わせて介入する。ところが、ニューオーリンズはそんな先進富裕国の一部だ。唯一違うのは、妙に魅力的なこの都市が「黒人の」街、クレオールの街だとの評判で、このため、取るに足らないとみなされていることだ。こうした状況での連邦政府権力の怠慢は、もっとも忠実な連邦政府支持者さえも不快にさせた。合衆国の一部をなす黒人住民はこのことを人種主義《レイシズム》の特徴的形態だとみなした。だがそれだけではない。絶えず繰り返さなければならないが、ニューオーリンズは、ほかの多くの都市と同じく、クレオールの都市であり、その多様性はいかなる欲望でも、いかなる虚栄心でも、飾りたてることなく、あるがままの姿でいるのだ。クレオール化の都市のひとつだ。世界各地のクレオール化の都市を消えゆくままにしないようにしよう。少し前からニューオーリンズに住んでいる白人詩人ジェフ・ハンフリーズはサイクロン通過後の惨事を二週間経験した。ハンフリーズはこの共通の苦難の物語を『カトリーナ、私の恋人』[*33]と題して書いた。ハンフリーズが語ったのは、自分のためにではない。そうでなく、この街だけが唯一のつながりである、連帯する民族集団と人々がつくりだす全コスモスのためにだ。

私たちのすべての都市、私たちのすべての国々は、今日では複合創世《ディジュネーズ》、すなわち、並外れて拡大していく起源に属している。*34 複合創世は、過去・現在・未来のなかの千の可能性に通じるものの出現である。この千の可能性は、教義やドグマから私たちを守り、不確かなもの、予見できないもの、予言できないものが再生力を発揮する場に私たちを住まわせる。

生きもの《ヴィヴァン》［生きること］に活力を与えるこの神秘の原則は、それぞれの人間に還元不能な単独性を、しかし、接近可能な不透明性を授ける。ここから、無限の多様性とその予見できないものが生じるのであり、予言できないものと不透明性のなかでそれらを保

＊33（訳註）ジェフ・ハンノリーズ『カトリーナ、私の恋人』（フランス語版）は二〇〇八年に出版された。グリッサンが序文を執筆している。タイトルはマルグリット・デュラスのヒロシマをめぐる作品を踏まえている。**Jeff Humphries** *Katrina, mon amour*, trait en français par Marie-Claire Pasquier, Seuil, 2008.

＊34（訳註）「複合創世（digenèse）」はグリッサンの詩学において〈一者〉にもとづく起源神話と対立する概念であり、起源の複数性にもとづいている。

護する必要性が生じるのだ。

〈全－世界〉は不安定な諸力の場である。〈全－世界〉の場では、ただ想像域のみが、その高揚でもって決定的な波動を遠くに生みだすことができるのだ。大西洋の深淵は私たちを〈関係〉に通じさせたのだ。

すべての大陸に兄弟、いとこ、甥、その他の親族をもつあなたよ、〈関係〉が述べることを聞いてみよ。連結する〈場所〉のあちこちの多様な輝き、〈全－世界〉の非国家的な〈諸国家〉を描くこの輝きが述べることを。「場所」のうちで考えてみよ、世界の新たな地域を素描してみるのだ。

私たちが知っているのは、私たちの場所が避けて通れないということであり、これらの場所を城壁で取りかこむことも、〈他者〉に禁じることもできず、これらの場所を失うことなく交流できるということであり、私たちはサンフランシスコからカルタヘナ・デ・インディアス［コロンビアの都市］まで、トリニダードの田舎からフィヨルドというスカンディナヴィアの海岸のあの［氷河による］裂傷まで歩くことができるし、アイスランドに寄港してサーガをゆったりと読んだり、バマコ［マリの首都］の河岸でグリオ［西アフリカの世襲制の語り部」の民話を聞いたりすることもできるのであって、征服もしなければ植民地もつくらず、厚かましい侵攻もせず、私たちは国々の内部と空の深淵を上手に描くために観光客になりきるのであるが、場所を掌握する者たちが人種差別主義者であり、不寛容で、傲慢と慢心を分有し、排斥のプロであるために、私たちが立ちいるのを禁じられている場合でも、それらの場所を私たちの想像域のなかで巡ることはできるし、それらの場所を賛美する歌をうたい、それらの場所を遠くから変えられるのであり、今度はそれらの場所と一緒に（私たちにはその能力がある）、自分たちをその場所の唯一の所有者だと言いはる人々を、ネイティヴ・アメリカンの哲学に即して、その場所の唯一の守護者だと言うべきである人々に変えることもできるのだ。私たちが地球を救いたいのならば、地球を自分たちのものであるように掌握するのを止めなければならない。

人々は、〈関係〉のなかで、一人ひとり、それぞれの場所、それぞれの言語、それぞれの音楽、それぞれのテクスト、ときにはそれぞれの師、それぞれの兄弟・いとこ、父と母、さまよう数多の同伴者、詩学のなかでの双子、リゾームの根としての仲間に出会うことになる。人々は生まれた土地を選び、崇拝することがないかもしれない神々を選び、針路の決まった彷徨のなかで、なによりも強度のある、さまざまな民と言語をつくりあげるだろう。

この世界は、一致と不調和、生まれつづける断絶と相反するもの同士の連帯といった、この世界の際限のない可能と不可能とつながることで、別の地域を切りひらく。この別の地域では、どこに道があるのかを見抜くのを学ばなければならない。私たちにはけっして欠けることのなかった地域、私たちのなかにあってこの地域のなかに私たちもあったのだが、見ることができずにきた地域。

すべては変わったのだ、秘密と解読不能のなかで。認識以上のものがそこには必要であり、私たちをめぐって絶えず生じるものの詩学がそこには必要である。一人の人間やひとつの国民の可能態の力は、世界各地の場所と関係するという能力、それらの場所の最良の分有をなすために、その豊かさと多様性を結集させるという能力ただそれだけしか基準となりえない。可能態の力は紐帯の輝きのなかで生きるのであり、諸個人と諸世界というこれらの可能を結び、集め、つなげ、中継するもののなかで生きるのだ。

合衆国の力は、世界の出現のなかに合衆国が現れるというあらゆる地平に開かれた知覚によって、可能態の力に変わるか、せめて可能態の力に和らげられるべきだろう。ムッシュー、あなたというかけがえのない均衡は、この美しい別のユートピアへのチャンスを授けている。可能態の力は〈関係〉のなかにしかないのであり、この可能態の力はすべての人々の可能態の力なのだ。

こうしてあらゆる政治は〈関係〉のなかでの政治の強度で評価されるだろう。〈すべての力〉のなかよりも、震えと脆さのなかのほうがより多くの道と地平があるのだ。

関係のアイデンティティは空間と群島の思考を満たす。関係のアイデンティティは唯一根のアイデンティティがそうするようには周囲を殺さず、関連するそれぞれの根を組みあわせる。根はこうして互いに出会いに行き、力を与えあう。大量殺戮の時代を克服したあとのアメリカスの諸空間がそうだ。唯一の思考の瘴気を一掃したあとの世界の諸空間。脆いからこそ集いあう群島になるのを楽しんだあとの全大陸。

あらゆる地平に開かれた生きる《ヴィヴァン》ことの充溢。私たちが気づくのは、社会崩壊と生態系の崩壊とのあいだの厳密な類似であり、いずれにも共通する捕食が崩壊を早めるということだ。だからこそ、いずれにも共通する態度が崩壊に立ちむかう。極地、氷原の名残、枯れた小川を生きるがままに任せよ、モルヌ[*35]のやせ細った中腹を植林せよ、掘削を禁止せよ、海を清掃せよ、このことをめぐる紋切り型［共通場］や基礎的真実に恥は不要だ、化石燃料の想像域と決別せよ、原子力の想像域を恐れよ。

可能態の力は〈関係〉である。〈すべての可能態の力〉とは生の傍ら、美しさの横溢の傍らにあるということだ。同じく、あらゆる美しさとは〈関係〉であるということだ。

繰り返し。「かつて国民国家が存在したように、今後は関係としての国民が存在するだろう。かつて分離して区別する国境が存在したように、今後は区別して関係づける国境、関係づける目的以外には区別することがない国境が存在するだろう」［本書七八―七九頁］。

アナリスト、予言者、経済専門家、財界人、政治屋、エキスパート、ありとあらゆる類の占い師や有識者は、見解を一致させるだろう。あなたができる余地はほんの少しで、しかも取るに足らない、と言うために。あなたはすでに危機に陥っている、と言うために。

彼らがあなたに認めるのは象徴的な、一時的な、見せ物としての可能態の力と、すでに弱められている政権運営の時間だろう。しかし、こうした者たちはだれ一人として、あなたが彼らの専門作業に課すことにしたあの奇跡［オバマ演説］を予言することができなかったはずだ。私たちはあなたと同じ危険に立ちむかうわけでいささかもないが、私たちはあなたに同伴している。なぜなら、あらゆる偉大な政治が〈関係〉に由来するならば、あらゆるアートもまたそうであるならば、政治もアートも、言葉と歌がもっとも明らかになるところまで世界の叫びを担うのだ。それでは、〈関係〉のうちで幸運を、ムッシュー。

＊35（訳註）マルティニックやグアドループに見られる森におおわれた小高い山のこと。

# 高度必需「品」宣言*36

エルネスト・ブルルール
パトリック・シャモワゾー
セルジュ・ドミ
ジェラール・デルヴェール
エドゥアール・グリッサン
ギヨーム・ピジェアール・ド・ギュルベール
オリヴィエ・ポルトコプ
オリヴィエ・ピュルヴァール
ジャン＝クロード・ウィリアム

二〇〇九年三月

＊36（原注）

ガラード出版社と全－世界学院により二〇〇九年三月に初版が出版された「高度必需「品」宣言」は、二〇〇九年一月から二月にかけてマルティニックおよびグアドループが経験した、物価高に抗議する大規模な社会運動という世間を揺るがす文脈のなかに位置している。この宣言はネット上、とくに「驚くべき旅人」と「メディアパール」のサイト上からすぐさま広範囲に拡散することになる。エドゥアール・グリッサンとパトリック・シャモワゾーをふくむアンティルの複数の知識人による共同署名のこの宣言のあとに、二〇〇九年四月には同宣言の主題群と関連し、いくつかの側面を展開したヴァージョンが「大波乱のために論じる」と題されてネット上で公開される（全－世界学院で参照可能なこの第二ヴァージョンには、筆頭共著者としてミゲル・シャモワゾーおよびダニエル・ラポールの名を加える必要がある）。

（訳者補注）

本書の最後を飾る「高度必需「品」宣言」は、九名のアンティルの知識人の共同署名のもとに公表された。原注の背景をもう少し具体的に説明すると、当時、金融危機の煽りを受けて各地でガソリン代などの燃油費が高騰したことが直接の背景にある。最初にギュイヤンヌの運送業者が燃油費値下げのストライキを起こした。その後、グアドループの労働組合連合が二〇〇九年一月二〇日に物価の引き下げと賃上げを要求するストライキとデモを呼びかけ、これが全面化した。この社会運動はマルティニックとインド洋のレユニオンで順次に起こり、フランス海外県全域を巻き込むものとなった。この社会運動が続くあいだ（グアドループでは四十四日間続いた）、それぞれの地域経済は麻痺してしまった。というのも、ストのきっかけが燃油費高騰にあるように、運送業者とガソリンスタンドの従業員が働くのを止めてしまったからである。こうなると、車社会である海外県では移動も輸送もできなくなる。輸送できないということは、島の外から商品が入ってこないということだ。この状況は、どの地域も十分な生産手段をもっておらず、主にフランスからの輸入品に頼る生活をしてきたということに住民たちが気づく契機にもなった。「グローバル・プロジェクト宣言」以来、グリッサンとシャモワゾーが強調してきた、アンティルにおける生活のあり方それ自体を見なおす契機が、予測不能な出来事として、突如として出現したのである。だからこそこの契機に二人は、最低必需品（生きることに必要な生活必需品）だけでなく、より高次の次元にあるものを求めるという意味で、高度必需「品」を求める呼びかけをおこなっていく。このマニフェストの詳細な背景と解説は、訳者による『環大西洋政治詩学』（人文書院、二〇二二年）のエピローグ「フランス海外県ゼネストの史的背景と〈高度必需〉の思想」、あるいは、この出来事を着想とする『カリブ－世界論』（人文書院、二〇一三年）のなかに書かれている。

支配者や植民者が、「ここに民衆などいたためしはない」と唱えるとき、欠けている民衆とは一つの生成変化であり、スラム街で、収容所で、あるいはゲットーで、闘争の新たな状況において作りだ出されるのであり、必然的に政治的な一つの芸術が、その状況に寄与しなければならない。

ジル・ドゥルーズ『シネマ2　時間イメージ』
（宇野邦一ほか訳、法政大学出版局、二〇〇六年）

それが示していることはただ一つです。袋小路を抜け出る道がないということではなく、古い道を［……］放棄する時が来たということです。

エメ・セゼール「モーリス・トレーズへの手紙」
（砂野幸稔訳、『現代思想』一九九七年一月号所収）

いかなる留保もない全面的な連帯精神のうちで、私たちは、グアドループ、次いでマルティニックに定着し、ギュイヤンヌおよびレユニオンへ波及しようとしているこの測りしれない社会運動を讃える。私たちの権利要求に不当なことなどなにひとつない。私たちの権利要求に本来不合理なことなどなにひとつなく、そもそも行きすぎているのは、私たちが立ちむかうシステムの歯車のほうである。したがって、私たちの権利要求は、その要求が意味する点においても、その要求が他のすべての要求との関係において含意する点においても、なにひとつ無視されるわけにはいかないだろう。というのも、この運動の力は、これまではばらばらに見えたものを、しかも、目立たない分野のうちで孤立しているように見えたものを――すなわち、行政機関、病院、学校施設、企業、地方自治体、その他すべての組合労働者や、すべての職人や自由業者のうちでおこなわれてきた、これまでは聞きとられてこなかった闘争を、同一の基盤上に組織しえたという点にあるからである。

しかし、なによりも重要であるのは、リヤナージ[*37]――連帯していなかったすべてのものを結びあわせ、ふたたび集め、結びつけ、繋ぎ、中継すること――の推進力をとおして、(気違いじみた経済的集中、協定、利益に直面する)最大多数の人々の現実的苦しみが、いまもなお表現すべき言葉をもたないとはいえ、たしかに存在するいくつもの希求に至り、その希求が、忘れ去られ、見えにくかった若者や大人たち、そして、私たちの社会において汲みとりがたかった他の苦しむ人々のあいだへと広まったことにある。大規模な行進に加わる多数の人々が見出したのは（思い出しはじめたのは）、私たちが不可能の胸ぐらを掴むことができる、あるいは運命から私たちの諦めという王座をうばうことができるということなのである。

それゆえ、このストライキは、その正当性、有効性をはるかに上まわり、ストライキを前にして卒倒したり、潮時を見計らったり、躊躇したり、しかるべき反応を示さない人々は、みずから価値をおとしめ、糾弾を免れえない。

この運動以来、「購買力」や「家庭の出費」といった散文的なものの背後には、私たちに欠けている、生活に意義を与える本質、すなわち、詩的なものがある。あらゆる人

＊37　（原注）リヤナージ（Lyannaj）は、（つる植物がより集まって結束するように）力を結束させる連帯運動を意味するクレオール語の単語。二〇〇九年に起きた出来事のさい、この語は物価高に抗議する社会運動のシンボルとして広く用いられ、拡散していった。グアドループの組合メンバーがリヤナージを選び、「リヤナージ・コント・プオフィタション（Liyannaj kont pwofitasyon）」と名乗ったようにである。リヤナージの語そのものは、ある意味で、グリッサンの〈関係〉概念のひとつのありうる捉え方である。

間的生活は、次の二つの側面が有機的に結びつくことで、かろうじて均衡を保つ。すなわち、一方にあるのは、飲み、食べ、生きのびることとの直接的必要性である（明らかに散文的なもの）。そして、もう一方にあるのが、食物が、尊厳、名誉、音楽、歌、スポーツ、ダンス、読書、哲学、精神生活、恋愛、すなわち、大いなる内奥の欲望の実現に割りあてられた自由な時間の糧となる、自己成熟への希求である（明らかに詩的なもの）。エドガール・モランが示すとおり、生きるための生活も自分のための生活も、私たちが愛するものや愛する人々を育み、私たちが希求する不可能な事柄とその克服を糧にすることなくしては、なにひとつ満たされない。

「物価の高騰」や「物価高の生活」は、自然発生的な残忍性のうちで現れる、あるいは数人の純粋なベケ[*38]の尻からのみ現れる小悪魔ジギディではない。それらは、経済的自由主義のドグマが支配するシステム上の決定の産物である。経済的自由主義は地球上を独占し、各地域の人々全体の上にのしかかり、そして、すべての想像域のうちで、民族的浄化ではなく、人間的事実全体のある種の「倫理的浄化」（すなわち、脱魔術化、脱神聖化、脱象徴化、さらに脱構築さえも[*39]）をとりしきるのだ。このシステムは私たちの生活を利己主義的な個の追求のうちに閉じこめ、そうすることで、私たちからすべての地平を奪い、「消費者」であるか、あるいは「生産者」であるかという、二つの極度の貧しさを強いている。消費者は、自分の労働力を商品にし、生産されたものを消費するためだけに働く。そして生産者は、幻想される際限なき消費のための際限なき利益という見方のなかでしか自分の生産物を捉えない。

この消費と生産の総体は、経済活動が自己目的化し、それ以外のものを捨てさるという、アンドレ・ゴルツが語っていた反社会的な社会化に通じている。したがって、「散文的なもの」が「詩的なもの」の育成へと開かれず、「散文的なもの」が自己目的化して消費される場合に、私たちは、自分たちの生活の希求とその感覚的欲求が、「購買力」や「家庭の出費」といったバーコードのうちに安住できるのだと思いこもうとする。そしてより危険なことに、最後には、もっとも容認しがたい貧しさにたいする効率的な管理運営が、人間的あるいは進歩的な政策に属するのだ、と考えるようになる。したがっ

＊38（訳註）「ベケ（Béké）」はカリブ海の島生まれの白人、とくに富裕層の白人を指すクレオール語の単語。後述の「ベケ問題」（一五八頁）とは有力なベケがマルチニックの富を独占しているという問題をさす。

＊39（初出時の注）　Cf. Jean-Claude Michéa, *L'Empire du moindre mal*, Paris, Flammarion, « Climats », 2007.

て、緊急になすべきは、「最低必需品」を、別の消費物資の部類へと、すなわち「高度必需」にはっきり属するような部類へと移すことなのである。

購買力を越えたところで、具体的な生活上の要求に属し、かつ、生活のもっとも高貴な部分へのきわめて深い呼びかけに属する社会運動のなかでは、詩的なものがすでに働いている。私たちは、この「高度必需」という考えをとおして、詩的なものを自覚するよう呼びかける。

**ではこの高度必需「品」のうちに入るのはなにか**

それは、民や国民をつくるという、あるいは世界の大いなる舞台に尊厳をもって入るという、私たちの苦悩にみちた欲望の核心をなす、すべてのものである。それは、マルティニックとグアドループにおける交渉の中心にはいまのところ見出せないが、おそらく近いうちにギュイヤンヌとレユニオンでは表明されるものである。そもそも、現状で満足するような社会的前進などあるはずはない。あらゆる社会的前進は、過ぎさった事柄から構造的な教訓を引きだすような政治経験のなかでのみ、真に実現するものだ。この運動は、私たちの邦々の粉々になった制度の悲劇と、これを支える権力の不在を最初にあらわにした。「決断」や「決定」は、渡航や電話によって得られる。専門知識は、密使をとおしてようやく伝わる。ぞんざいな態度や蔑む言動は、どんな段階にでもつきまとう。分析は、反感や逆上や歪曲をとおしてなされる。〈地域圏＝海外県＝知事〉という擬似権力は、例の市長協会とまったく同じく、大挙をなす真剣な権利要求が文化・歴史・アイデンティティ・人類という実体のなかで立ち現れる場合には、その無力さばかりか、その瓦解さえも示してきた。しかし、これまでの権利要求は、行政をとりしきる本土の権利要求とは異なるものとしてけっして思い描かれてこなかった。スローガンや要求は、われらの「地元の議長」をすぐさま飛びこして、他所にみずからを委ねにいってしまった。残念ながら、このように（私たち自身を飛びこえてしまうこの跳躍のうちで）獲得されるような、そしてそこで止まってしまうようなあらゆる社会的勝利は、私たちの同化をいっそう強め、世界における私たちの非在と私たちの擬似権力をよりいっそう強めることになるだろう。

したがってこの運動は、私たちが、私たち自身による私たち自身の責任へ、私たち自身による私たち自身の権力へとたどりつけるような、変革と予測の政治力を切りひらく、そうした政治的ヴィジョンのうちで花開くべきである。そして、たとえそのような権力がいま問われている事柄を実際にはなにひとつ解決しなかったとしても、私たちは少なくともこの権力をとおして、健全な責任のうちでそうした問題に取りくみ、最後には外部委託を受けいれるよりも、むしろ自分たちで論ずることができるようになるだろう。各所で発生しているベヶ問題やゲットー問題は、内部から生ずる政治的責任が解決しうる、些細な問題である。土地の分配と保護をめぐる問題もまた、あらゆる観点から見て同じである。若者たちの優先的受けいれにかんする問題もまったく同じである。もうひとつの〈正義〉を求める運動やドラッグの害悪にたいする闘争も十分これに属している……。他者にたいする辛辣さ、排斥心、恐れとちっぽけな自信は、この責任の不足から生まれる……。責任の問題は、したがって高度必需の問題である。現在の交渉のなかに依然として残る障害は、まさに集団的無責任のうちに巣食っている。そして内部から実現しうる解決を見つけるための創意、柔軟性、創造性、必要性は、まさに責任のうちで見出される。失敗や無力さは、まさに責任のうちで真の経験と成熟の場所となる。私たちが、闘争のなかでも、そして希求や分析のなかでも、本質に属するものをより迅速かつより積極的に目ざすのは、まさに責任のうちにおいてなのである。

それから、価格という暗く解きほぐしがたい迷路（マージン、アンダーマージン、見えない手数料、巨額の利益）が、盲目的な宗教的力をともなって地球全体に広がった経済的自由主義の論理のうちに組みこまれているのを理解するという、高度必需がある。価格は同様に植民地の不条理のうちにはめこまれている。植民地の不条理は、私たちの糧たる邦《マンジェ＝ペイ》から、私たちの近しい環境から、私たちのさまざまな文化的現実から私たちを遠ざけた結果、ズボンもなければジャルダン＝ボカイ〔家庭菜園〕[*40]もない私たちをヨーロッパ的食生活に委ねた。まるでフランスは何千キロ以上も離れたところから、すべての食料と主要必要品を輸入するために配列されたデータであるかのようだ。この植民地の不条理な枠組みのなかでオペレーターと仲介人の際限なき鎖を相手に交渉することは、たしかにいくらかは苦しみをさしあたって楽にできる。しかし、こうした合意が示す見せかけの慈善は、「市場」の原理と、貪欲の影（したがって「植民地精神」が培い距離が決定する過剰搾取の影）がつくりだすこのメカニズム全体によって早々に吹きとばされてしまうだろう。特別手当、凍結、効能ありきの調整、日和見的な価格縮減、海路搬

---

＊40（原注）ジャルダン＝ボカイはプライベートの庭のこと。クレオールの庭は奴隷制時代の先祖伝来の伝統にさかのぼり、奴隷は、個人食料を確保するためにプライベートに家庭菜園の手入れをしてきた。このことからクレオールの庭は、奴隷自身が農園で抵抗の戦略としてわがものにしてきた自由の空間とかかわっている。

入税というばかげた措置では、これを阻むのはおよそ無理である。

したがって、私たちカリブ海の人間が私たちの死活にかかわる輸入と輸出のなかで生き、私たちアメリカスの人間が私たちの必要を満たし、エネルギーと食料の自給自足を果たすために考えるという、高度必需がある。現代資本主義という、腐敗ではなくドグマのヒステリックな横溢にたいする、根源的な異議申し立てのうちにみずから加わることは、これに続くもうひとつのたいへん高い必需である。高度必需は、経済的ではない社会の基盤を築く試みをすかさずおこなうことである。その社会基盤のうちでは、経済発展の継続的伸張という考えは押しのけられ、成熟という考えに吸収されるであろうし、雇用、賃金、消費、生産は自己をつくりだし、人間を完成させる場をなすであろう。資本主義が、（資本主義の極度な純粋原理である現代的形態において）必要品の買い物カゴに自分を切りつめるこの消費者というフランケンシュタインをつくりだしたのならば、それはまた、じつに嘆かわしい「生産者」――企業主や請負業者やその他の役立たずの社会的職能――を生みだすのであり、彼らは、苦しみの急激な表出と、もうひとつの政治的、経済的、社会的、文化的想像域の緊急な必要に直面して震えるしかできないのだ。だからそこには異なる陣営は存在しない。私たちは全員、グローバル化した不定形なシステムの犠牲者なのであり、私たちはこれに一丸となって立ちむかわなければならない。労働者と小経営者、消費者と生産者は、自分たちのうちのどこかに、黙してはいても不屈の、あの高度必需を有しているのであり、私たちはこれを目覚めさせなければならない。すなわち、それは生きるということであり、もっとも高貴なものを、もっとも困難な要求を、したがってもっとも成熟させるものを目ざす、絶えざる向上のなかで自分自身の生活を送るということである。

**結局それは好きなように生きることであり、詩的なものの広がり全体のうちで生きることなのである**

私たちは、健全かつ別様に食べることによって、巨大な配給をひざまずかせることができる。

私たちは、一切の自動車を断つことによって、サラ精油[*41]と石油会社を地下牢に送りかえすことができる。

私たちは、ごくわずかな水滴でも、いたるところで守るべき、全員のものである宝物の最後の欠片《シクタイユ》であるかのように使用すべき、希少な価値とただちにみなすことによって、水道会社を、その法外な値段をせきとめることができる。

散文的なものの洞窟のなかにとどまっているうちは、私たちは散文的なものに打ち勝つこともこれを克服することもできない。必要なのは、詩的なものや、減少と節制のうちにこれを切りひらくことである。今日のきわめて傲慢かつ強力ないかなる機関（銀行、多国籍企業、大規模小売店、健康請負業、携帯通信）でさえ、私たちの試みに逆らうことはできまい。

最後に、賃金と雇用の問題について。

ここでもまた私たちは高度必需を見定めなければならない。

現代の資本主義は、生産と利益を高めれば高めるほど、賃金部分をカットする。失業は、資本主義が労働力の必要を減少させたことの直接的な帰結である。資本主義が工場を外国に移すのは、豊富な労働力を探しているからではなく、賃金部分の高騰による崩壊を心配しているからである。あらゆる賃金のデフレは利益を引きだし、この利益はすぐに金融の巨大な札当て《ウエルト》ゲーム「賭け事」につぎ込まれる。このことから導かれる賃上げの要求はしたがってまったく不当ではない。それは世界的であらねばならない公平性のはじまりなのである。

「完全雇用」という考えは、産業発展の必要性と「完全雇用」の考えにつきものの純化した倫理観によって、私たちの想像域のうちに固定されたままだ。労働とはそもそも（政治的、文化的、個人的領域の）聖なる象徴システムのなかにふくまれていたのであり、そのシステムが労働の重要度と意義を決めていた。資本主義体制下では、労働は、ほかのすべてを犠牲にして、単なる「雇用」であると同時に、私たちの平日や日々の生活を支える唯一の脊髄になるにつれて、その創造的意義と成熟した美徳を失っていった。労働は、あらゆる意義を完全に失ってしまい、それ自体が単なる商品となることで消費にしか至らなくなってしまった。

私たちはいまや奈落の底にいる。

私たちは詩的なもののうちに労働を据えなおさなければならない。たとえ激しくと

＊41（訳註）　サラ精油（SARA：Société anonyme de la Raffierie des Antilles）は、一九六九年、当時のフランス大統領シャルル・ドゴールの主導のもとに、カリブ海フランス海外県地域に石油を供給する目的で設立された会社。

も、たとえ辛くとも、労働は、実現の場に、社会創出と自己構築の場にふたたび変わるであろうし、さもなければ数ある二次的道具のひとつであるままだ。能力、才能、創造性、恵みをもたらす狂気は無数にある。それらは、国立雇用局の廊下と資本主義が生みだした構造的失業という鉄条網なき収容所のなかでは、いまのところ不毛な状態のままである。私たちが商業のドグマを処分しえたとき、はじめて（節制と選択的脱成長を追求する）技術の前進は、労働価値をある種の虹へと変える一助となり、副次的な単純道具を、高い創造的熱意をともなう活動を導く方程式へと至らせるだろう。そのとき、完全雇用という考えは、生産本位の凡庸な発想ではなく、この考えが社会性の再興、自主生産、自由時間、休止時間のなかで創出できることのうちで検討され、その考えがもっとも破壊された人々への連帯、分有、支持や、私たちの環境の生態系の復興についてできることのうちで検討されるのだ……。

それは「どんな人生でも生きるに値する」という考えのうちで検討されるだろう。

市民であるための仕事と報酬は、私たちを刺激する行為や物事のうちにあるだろう。それは、私たちが夢見るのを手伝い、私たちを瞑想に誘い、退屈の楽しみへと導き、私たちを音楽のうちに落ちつかせ、書物の邦、芸術の邦、歌の邦、哲学の邦、研究の邦へと遠出させる。それは、創造的消費という消費すなわち創造に通ずる、高度必需の消費なのである。詩的価値においては、失業も完全雇用も財政援助も存在しない。あるのは、自己再生、自己再組織であり、すべての才能、すべての希求にたいする無限の可能性である。詩的価値においては、経済的社会の国内総生産は、その蛮行をあらわにする。

以下、私たちがすべての交渉テーブルとその延長の場に最初にもっていくカゴの中身である。私たちは無償の原則を、想像域の拡大、認知能力の促進、すべての人々の創造性の発揮、精神の激しき疾走といった、鎖からの解放をもたらすもののすべてのために立てる。無償の原則は、書物、物語、演劇、音楽、舞踊、視覚芸術、職人仕事、耕作と農業に向かう道の標識となる……。その原則は、幼稚園、小学校、中学校、高校、大学、そしてあらゆる知識と育成の場所の近くに据えられる……。それは、新しいテクノロジーとサイバースペースの創造的使用へと通じている。それは、〈全-世界〉の予測不可能な潜在性との〈関係〉（遭遇、接触、協同、相互作用、四方へと向かう流浪）のうちに入ることを可能にするものすべてを育む……。原則的無償こそが、社会と文化にか

＊42（訳註）職業安定所のこと。国立雇用局（ANPE : Agence nationale pour l'emploi）は当時の名称。

かわる公共政策にたいし、広範な例外の決定をくだすことを認めるだろう……。この原則から出発してこそ、私たちは、完全無償から還元的ないし象徴的分有へと、公的融資から個人的かつ自発的融資へと向かう、非商業的階梯を想像できるはずである……。原則的無償こそが、私たちの新しい社会と想像力による連帯の基盤に据えられるべきだろう……。

リヤナージあるいは共生の力がもはや「家庭の出費」ではなく、人間という観念の豊かさにたいする配慮となるまでに、私たちの想像域を高度必需のうちに投企しよう。

生態学的に新しい世界に向けた、資本主義に対抗する地球規模の闘いに主権をもってかかわりつつ、新たなマルティニック、グアドループ、ギュイヤンヌ、レユニオン諸社会のなかで、十全なる責任という政治的枠組みをともに想像しよう。

交渉が全面的支持のなかで開花するように育ち、広がり、これら民族《ナシオン》、すなわち私たち諸民族に向けて開かれるために、むき出しの、この開かれた意識を活用しよう。

**ユートピアの大いなる震えを恐れずに捨てない、大いなる会衆《アン・グワン・ロディヤンス》**

したがって私たちは、〈政治的なもの〉が許しがたい貧しさの管理運営にも、「市場」のもつ野蛮さの統制にも切りつめられないようなユートピアに訴える。〈政治的なもの〉はそこにおいてその本質を見出し、魂を散文的なものに与えるすべてのものに資しつつ、散文的なものを克服するか、あるいはもっとも緊密な仕方でこれを有効に使いこなすだろう。私たちは、生活が一番多く求め、一番強烈で、一番輝き、ゆえに美にたいして一番感応するものが君臨する共通の企図の中心に個人を据え、〈他者〉との関係を据える、高次の政治や政治術に訴える。

したがって、親愛なる同志よ、私たちは、植民地的アルカイズムを、依存と援助を追いはらい、われらの邦々と来たるべき世界の生態学的成熟のなかに断固として加わり、経済的暴力と商業システムに異議を申したてながら、ポスト植民地主義と地球の均衡にたいするグローバルな生態学的関係が描く視界とともに、世界に現れるだろう……。

**ゆえに、私たちのヴィジョンとは以下である**

**世界の新たな中心に突如位置し、ポスト資本主義社会の最初の例として突然広大になった小さな邦々は、人間を成熟させることができるのであり、そのことはあらゆる地**

平に開かれた生きること《ヴィヴァン》の充溢へと通じているのだ……。

# あとがき　政治の詩学

エドウィー・プレネル

関係の世界からなる私たちのモダニティにおいて、良しにつけ悪しきにつけ、有限にして共通であり商業的な揺籃の地であるカリブ海というこの群島から、エドゥアール・グリッサンとパトリック・シャモワゾーは政治の詩学を絶えず発明しつづけた。決定をくだして陣地に退却するよりも、地平を求めて逃げていくような政治。支配力と権力があやつる死んだ言語を拒み、高揚と解放をもたらすような政治。平等がもはや画一性の隠れ家ではない政治。多様なものと複数的なものの政治。

エドゥアール・グリッサンが二〇一一年に亡くなる以前に創設した全‐世界学院の看板とともに、このたび再刊された四つのマニフェストとそれらを補う論説は、この政治の詩学を示している。友情で結ばれた連帯を頼りに著者たちが書いたこれらのマニフェストは、なかでもグリッサンとシャモワゾーにとっては、喜びをともなう文学的共犯性のうちで自由の道を切りひらくものだ。これらのマニフェストは、書かれるべき当時の時代状況よりもはるかに先を見通していたのであり、民主主義、社会、エコロジー、戦争、アイデンティティといった私たちの目の前にある課題と対決しながら、私たちに欠けている想像域を打ちたてる。

二〇〇〇年の最初のマニフェスト［「グローバル・プロジェクト宣言」］は、フランス海外県が被ってきた支配の延長でも支配のコピーでもない、フランス海外県の再建を発明するものだった。二〇〇七年の二つ目〔「壁が崩れ落ちるとき」〕は、憎しみと恐れの旗印のもとでフランスの国民アイデンティティが壊死したままよみがえることにたいしての、口火を切る緊急の呼びかけだった。二〇〇九年の三つ目〔「世界の妥協なき美しさ」〕は、バラク・オバマに宛てられているが、オバマのアメリカ大統領選出の先を見すえ、人類がふたたび野蛮に突きすすむという自覚のもと、高次の政治を定めている。最後の四つ目〔「高度必需「品」宣言」〕のものも二〇〇九年であり、アンティル諸島の社会運動に反響するかたちで、エコロジー経済を想像したものだ。そしてこのエコロジー経済という高度必需は、消費という幻影から逃れる術となりうるのである。

〈全 - 世界〉と〈全 - 生物〉、すなわち人間同士の関係と人間と自然との関係を分かちがたく結びつけるこれら四つのマニフェストは、共感、脆さ、用心によって編まれるラディカルなヒューマニズムを打ちたてる。しかし、みずからを正統だと主張する不正義と無関心にたいしては、妥協することがないままだ。ひと言で述べるなら、美しさと善良さの政治。二つの出来事——植民地支配の「肯定的側面」を褒めたたえようとする恥ずべき法律への二〇〇五年の投票、サイクロン・ディーンが引きおこした二〇〇七年の災害――にたいする即座の反応である二つの論説［「遠くから……」「ディーンは通過した、再生しなくてはならない。いますぐ！《アプレザン》」］は、四つのマニフェストを補完するものであり、「奴隷制、植民地支配、新植民地支配を被ってきた古くからの土地」の「この果てしのない苦痛」を受けつぐ、交流と分有へのかたくなな関心を示している。この「果てしのない苦痛」こそ「かけがえのない教師」であるとシャモワゾーとグリッサンはためらわず書く。苦しみが止まないことへの恨みや痺れつづけることへの不服を述べるのではなく、このように書く。「人間性を失わせる状況の有するかけがえのない点は、この状況が、支配された人々の心にたいし、脈打つ高鳴りを忘れさせないということだ。そこから尊厳の要求がつねに起こる。私たちの土地はそうした尊厳をもっとも渇望する土地のひとつである」［本書四〇頁］。

　言語はここでは革命である。言語が反転させ、覆し、移動させ、いくつもの軛《くびき》を壊すことでさまざまな可能を切りひらくという意味においてそうである。自分たちにとっての偉大な同郷人であり、大兄であり、著名な先行者であるエメ・セゼールについて、グリッサンは「詩人は人々《モンド》を起こし、その存在でもって反乱に誘う」*43と書いた。セゼールの政治参加は、なによりも詩との断絶を明確にした。『帰郷ノート』（一九三九年）［砂野幸稔訳、平凡社ライブラリー、二〇〇四年」が突如として現れたことの「あの重大な〈お告げ〉」に捧げられたグリッサンのこのテクストは『ラマンタンの入江』（二〇〇五年）〔立花英裕ほか訳、水声社、二〇一九年〕再録のさいにはたんに「〈詩〉《ポエジー》」とだけ題されている。

「詩は普遍を生みださない」[*44]。このテクストにそう付けくわえるほどグリッサンは、普遍という凝りかたまった語を警戒していた。この語はかつてもいまも支配の隠れ家であり、自分たちが所有者だと言いはっているわけだが、グリッサンはむしろ普遍化可能なものにとどまる、この関係の無限運動、共通なものと多様なものが交差し、絡みあい、混じりあう出会いや分有を好んでいる。「そうでなく、詩は私たちを変える転覆を生みだすのだ」[*45]。そうグリッサンは続ける。

その強度もその今日性もなにひとつ失うことのないこれらのテクストについても同じことが言える。その対象だけでなくその意図においても政治的であるこれらの『マニフェスト』は、本質的に詩的である。けれども、泥を塗られ、こき下ろされ、ときに不幸にまでなってしまう政治参加の詩人（ないしアーティスト）の姿とは関係ない。グリッサンとシャモワゾーの混じりあったエクリチュールは、抵抗者＝詩人の態度で構えることなく、大義を要求しない。大義には、決定か還元かの二者択一をせまる罠になってしまう危険がある。それぞれ文脈は異なるとはいえ、フランス対独レジスタンス運動の潜伏地でのルネ・シャールや、パレスチナ難民キャンプでのマフムード・ダルウィーシュがそう実践したようにはしないのだ[*46]。

しかも、エドゥアール・グリッサンが『バトン・ルージュ対話』（二〇〇八年）のなかの対話のひとつで想起するには、かれは若い頃から、脱植民地化と第三世界の戦いのなかに全身全霊で身を投じていたときでさえも、エクリチュールが「政治的なものを駆りたてる働きをもっている」ことにたいする根源的なためらいがあった。グリッサンが述べるには、「エクリチュールを民衆闘争、共同体や民族《ナシオン》による闘争を完成させるというその目的のみに奉仕させるのならば、エクリチュールという活動のなかで闘争の背後にあるもの、つまりは、ある文化をまったく目立たない仕方で成りたたせているものや存

＊43（訳注）Édouard Glissant, *La Cohée du Lamentin*, Gallimard, 2005, p. 108.
＊44（訳注）*Ibid.*
＊45（訳注）*Ibid.*
＊46（訳注）プレネルはシャールやダルウィーシュにおける抵抗者＝詩人の実践に留めてこう述べており、彼らの詩作全体にたいする評価でない。

在の不透明性や知識の震えといったものを忘れてしまうのならば、作家の仕事を完成させることはできないのであって、できあがるのは、それも必要だとはいえ、結果を得るのを急かされたパンフレット作者や政治参加のジャーナリストや政治運動家の仕事になると思っていたのです」[*47]。

グリッサンとシャモワゾーは、詩が干からびて政治が貧しくなるこの罠を避けながら新しい道を切りひらいたのであり、この新たな道は希望にいま一度魔法をかけることで、希望は明晰さを備えたままラディカルであり続けるのだ。この発明は言語の転覆を経験しており、その力強いアートは、強さを身につけた弱者の長期間におよぶ抵抗、そして奴隷制という犯罪が生みだしたあの忍耐強い躁急から生じている。奴隷船の船倉の奥底に連行され、プランテーションの全体主義システムのなかに投げこまれ、一過的な収益すら越えることのない価値程度の商品とされた奴隷たちは、比類なき言説を鍛えあげならこの地獄の夜に穴をうがってきた。

これらの『マニフェスト』の背景にあるのは、語と音、身振りと感覚・表現・感性、用心と知恵、格調と恭倹、ユーモアと距離、寛容と好奇心、高次の簡素な人間性といったものからなるあの想像域全体であり、グリッサンが「クレオール化」と名づけた、終わりも限界もないあのあらゆる宇宙全体である。クレオール化は、クレオール語というその最初の媒介だけにとどまるのではなく、たとえばここではフランス語というように、他のさまざまな言語のただなかに、共鳴と論理、移動と不一致からなるクレオール化の世界をもたらす。グリッサンの代表作、彼の作品の一種の実験室にして作業場が『カリブ海序説』（一九八一年）〔星埜守之ほか訳、インスクリプト、二〇二四年〕と題されているのは、まったく偶然ではない。動きつづける言葉、形づくられる思考、表明される主張からなる、まさしく言説なのである。

「あらゆる詩学はグローバルな政治をふくんでいる」[*48]ともそこには書いてある。グリッサンのこの忠告をシャモワゾーもまた『支配された国で書く』（一九九七年）でもって引きついでいくことになる。グリッサンはこうも続けている。「これらの詩学は各地の民の生成変化と不可分であること、関与し、想像する民の余裕と不可分であるということである」[*49]。グリッサンのこの言葉以降、言説は、教師の言説よりも、語り部の言説となる。

＊47（訳注）Glissant, *Les Entretiens de Baton Rouge*, Gallimard, 2008, p.60.
＊48（訳注）Édouard Glissant, *Le Discours antillais*, Gallimard, 1997[1981], p. 595.

高みから、真上から、壇上から、教壇からなにも押しつけはしない。言葉は、共通の経験と通いあう共鳴で編まれた分有と交流であり、関連と関係のなかにあり、素晴らしいことにこれらの関連と関係から言葉が生じることとさえある。グリッサンは『カリブ海序説』でこうも書いている。「クレオール語とは異なる複数の文化が関連したことの文字どおりの帰結であり、この関連以前には存在しなかった。クレオール語は〈存在〉の言語ではなく、〈関係づけられたもの〉の言語なのである」。[*50]

それゆえこれらの『マニフェスト』を声に出して読む、マニフェストを口にする、できればいくつかのマニフェストを暗誦するのをためらってはならない。しかもそうすることによってマニフェストは実際に前進を、とりわけ、マニフェストにその声をもたらしてきたグレッグ・ジェルマン[*51]の協力的発案によって前進を続けてきたのだ。マニフェストはまたそのために、読まれるとともに口にするためにつくられたのであり、グリッサンがエクリチュールという作業場からおこなってきた数々の約束、すなわち、あいかわらず『カリブ海序説』から引けば「エクリチュールから口承性にたいする主権の代理を奪いさること」[*52]の具現化なのである。グリッサンが明確に言いたすその言葉は、私たちが『マニフェスト』を読み、聞きながら感じていることに通じている。「文学の生産活動において形式的に決定的な要素は、風景の言葉と私が呼ぶところのものである」[*53]。この場所において私たちは、言葉にその文字と母音と子音でもってたんに出会うだけではなく、私たちが知らないわけでない物理的現実を発見するというあの感覚を味わうのであり、思考はこの場所に直観のように、感覚的確実性のようなものとして入りこむのである。

「アン・ネグ・セ・アン・シエク」[*54]。クレオール語からフランス語に言いかえると、「ニグロ一人は一世紀」。エドゥアール・グリッサンが『カリブ海序説』の銘句のひとつとしているこのマルティニックのことわざは、カリブ海の大鍋、つまりは世界のクレオール化のこの実験室から生まれた偉大な人間性が、長い時間をかけて運んできた無限のこ

＊49（訳注）*Ibid.*, pp.800-801.
＊50（訳注）*Ibid.*, p. 411.
＊51（訳注）グレッグ・ジェルマン（Greg Germain）はハイチ出身でフランスで活躍する俳優・演出家。
＊52（訳注）*Ibid.*, p. 554.
＊53（訳注）*Ibid.*, p. 437.
＊54（訳注）原著のクレオール語表記は“An nèg sé en sièc”

とを述べている。ちょうどその上にはマルティニック訪問時のシャルル・ドゴールの言葉とされる別の引用がおかれていた。「ヨーロッパとアメリカのあいだに見えるのは塵芥だけだ」。このドゴールのものとされる言葉を見つけたこと、これらの言葉を皮肉かつ冷酷に比較するにあたって、詩人の目に笑みが浮かんだ様子が思い浮かぶ。強者たちが強いのは見た目にすぎず、なにも見えていないのだから弱いのだ。強者たちはこれらの脆さが力になることを想像できないのであり、この島々が宇宙として想像され、これらの塵芥が世界の全体を再発明することを想像できないのだ。

しかし、地球をめぐる私たちヨーロッパ西洋の探検と支配の計画がはじまったこの弧状の群島のなかにまさしく、抑圧を強めるシステムの思考、そして従属民をつくりだす思考のシステム、この双方から自由となり、解放されるルネサンスの道が跡づけられていた。そうだ、奴隷制と逃亡奴隷行為のあいだ、苦しみと抵抗のあいだ、奴隷貿易の暴力と自由の発明のあいだに。この美しく期待に満ちた開かれから、これらの『マニフェスト』は過去の証言には飽きたらず、未来を告げるのだ。私たちの一時的敗北と一過的落胆を越えて、これからの一世紀の行く末を。

エドウィー・プレネル

# 訳者あとがき

## 唯一のリアリズムとしてのユートピア

ここにお届けするのは、Édouard Glissant et Patrick Chamoiseau, *Manifestes*, La Découverte : Editions de l'Institut du tout-monde, 2021 の全訳である。この本を手にとる読者は、本書の主要な書き手であるエドゥアール・グリッサンとパトリック・シャモワゾーのことをおそらくご存知で、場合によってはこの二人の作家の書いたものをすでに読んでいることだろう。そもそも原著が基本的にはこの二人の作家をすでに知っていることを前提としたつくりとなっている。ただ、本書を入り口に二人の書いたものに触れる読者もいるだろうと想定し、グリッサンとシャモワゾーとはだれか、というそもそもの問いに答えることから、この解説をかねたあとがきを始めたい。

## 「小さな邦」の二人の作家

まずはエドゥアール・グリッサンだ。この作家は一九二八年にカリブ海の島マルティニックで生まれた。マルティニックは、カリブ海のほかの島々と同じく、コロンブスによる「新大陸発見」後に西洋列強の植民地になり、数世紀にわたる奴隷制社会を経験した土地だ。この島は、一六二五年以来、フランスが領土支配を手放さなかった（一時期、英軍が支配したときもあった）。そして、この島の奴隷制は、やはりフランスによって一八四八年に完全撤廃された。そのような経緯から、この島はフランスとの結びつきがたいへん強く、一九四六年にフランスの県に「昇格」して以降、現在までフランス共和国の一部をなしている。

グリッサンはこうした過去を有する島で生まれ育った。マルティニックの人口の大半がいわゆる黒い肌をしているように、グリッサンの祖先も遠くまで辿っていけば、アフリカの土地にたどり着く。このことは同じ島に一九五三年に生まれたもう一人の作家パトリック・シャモワゾーにしても変わらない。想像がつくように、奴隷制社会を経験したカリブ海の島々に黒い肌をして生まれるということは、植民地主義とアイデンティティをめぐる、自己存立にかかわる問いを抱えこみやすい。とくに通常の社会規範のなかでは人々があえて選ぼうとしない作家の道を進むような個人であればこそ、人々が日常生活に追われて普段はなかなか考えられない事柄について、深く考えるものだ。

グリッサンがなによりも考えてきたことは、アフリカから連行されて奴隷とされた人々を先祖や親類にもつ、自分をふくめた島の人間たちにとって「私たちとはだれか」という問いにかかわることだ。たしかに国籍でいえば、マルティニックの人間は「フランス人」だ。この条件は、マルティニックと同じく一九四六年以降に県に「昇格」した、カリブ海のグアドループ、南米のギュイヤンヌ（仏領ギアナ）、そしてインド洋のレユニオンの住民にもひとしく当てはまる。とはいえ、フランス本土の外の海外県出身の住民は、帰属する政治社会においては「フランス人」であるにしても、自分たちのアイデンティティをフランスに求めるかどうかは、また別の話だ。「私たちとはだれか」と問えば、その問いは奴隷制廃止以前の社会を想起せざるをえないし、ルーツの探求は奴隷貿易以前まで、当然さかのぼりうるものだ。ではそのルーツでもって自分たちは「アフリカ人」だと言えるかというと、それもまたむずかしいはずだ。少なくともそのように考えるグリッサンは、詩、小説、戯曲、評論（試論）といったさまざまなジャンルをまたいだ作品を書くことによって、この集団的アイデンティティをめぐる問いを探求していった。すでに日本語でも主要な作品が読めるようになっており、そのなかでも、この本の次に読んでみるとよいかもしれないのは、文学作品であれば最初の小説『レザルド川』（一九五八年）［恒川邦夫訳、現代企画室、二〇〇三年］、評論であれば講演・対談集『多様なるものの詩学序説』（一九九六年）［小野正嗣訳、以文社、二〇〇七年］になるだろう。その生涯と全体像を知るにあたっては（手前味噌になるが）本書訳者による『エドゥアール・グリッサン――〈全-世界〉のヴィジョン』（岩波書店、二〇一六年）がきっと役に立つだろう。

パトリック・シャモワゾーは、先述のとおりマルティニック出身で、グリッサンとは四半世紀ほどの年齢差がある。この親のような世代のグリッサンの「発見」によって、いわば作家になることを決めたのだった。シャモワゾーは、グリッサン作品における集団的アイデンティティ探求の問題群や、書くことの実験を自覚的に引きついできた作家である。このように書くと、シャモワゾーがグリッサンの影に隠れてしまいそうだが、実際はまったくそうでなく、作家デビュー以降、フランス語圏の新しい旗手としてフランスの読書界でおおいに注目され、『素晴らしきソリボ』（一九八八年）［関口涼子＋パトリック・オノレ訳、河出書房新社、二〇一五年］をはじめとする注目すべき小説を刊行してきた。なかでもフランスの著名な文学賞ゴンクール賞を受賞した『テキサコ』（一九九二年）［星埜守之訳、平凡社、一九九七年］以降、フランス語によるカリブ海文学の代表的作家という認知を確立し、刊行される作品はその都度、注目されている。シャモワゾーは、グリッサンに深い影響を受けるだけでなく、彼のテクストを読みつづけることにより、自身の思想的なパースペクティヴを開拓・拡張し、エコロジーにたいする先鋭的な意識を作品のなかに持ちこみながら、経済至上主義の価値観を問いなおす姿勢を打ちだしている。シャモワゾーの作品世界を知るにあたっては、著者の来日にあわせて電子版が翻訳出版された、サミア・カッサーブ゠シャルフィ『パトリック・シャモワゾー』(二〇一二年)〔塚本昌則＋中村隆之訳、アンスティチュ・フランセ、二〇一二年〕がその一助となるだろう。

## 作家と状況

この本は、グリッサンの没後(二〇一一年二月三日)十周忌を記念して編まれ、彼が亡くなった翌日を刊行日に出版された。本書の「はじめに」においてシャモワゾーが、本書に収録されたいくつものマニフェストをどのように共同で書いていったのかを、いまは亡き「師」のことを想起して記しているのは、そのためだ。また、「あとがき」を書いているエドウィー・プレネル(一九五二年生)は、フランスでは大変知名度のある社会派のジャーナリストだ。日刊紙『ル・モンド』の総編集長を務めたあと、二〇〇八年から広告無掲載の有料ジャーナル『メディアパール』を創刊し、現在も健筆をふるい、メディア人として活躍している。エドウィー・プレネルはグリッサンと親しい間柄だった。少し細かい話をすると、父親アラン・プレネル(一九二二―二〇一三)が官僚としてマルティニックに赴任した一九五五年から六〇年にかけて、エドウィーはこの島で幼少期を過ごしたようである。父親はフランスの国民教育省の官僚で、マルティニックの教育を監督する高位にあったにもかかわらず、反植民地主義の立場をとって、フランス政府に島からの退去を命じられた人物だ。きっかけは、一九五九年一二月にマルティニックの中心地で起こった「暴動」で、治安部隊がこの「暴動」鎮圧にあたったさいに、三人の現地の若者が死んだのだった。若者たちの死を悼み、抗議する発言を公的におこなったことで、右記の行政措置がとられた。たがが発言でこのような行政処分を受けるとはいまでは想像がつかないかもしれないが、当時のフランス政府は、アルジェリア戦争を争点として旧植民地だった海外県にかんする反体制的行動にたいして極度な警戒態勢をとっていたのだった。こうしたマルティニックとグアドループの当時の状況について興味のある方は(ふたたび手前味噌となるが)『カリブ－世界論——植民地主義に抗う複数の場所の歴史』(人文書院、二〇一三年)をぜひともお読みいただきたい。

この話をいま少しだけ続けると、フランス本国に家族と一緒に戻ったアラン・プレネルは、マルティニック、グアドループ、ギュイヤンヌの独立を目ざす知識人と学生たちのグループに協力するようになる。独立(その時に用いられた言葉は「自治」だが内実は「独立」)に向けた政治グループの創設者の一人が、当時パリを拠点にしていた三〇歳代前半のエドゥアール・グリッサンだった（この頃のグリッサンは『レザルド川』でルノドー賞という本格的文学賞をもらい、一定の知名度があった）。グリッサンとブレネル一家は、脱植民地化の政治運動のなかでつながっていたのである。

このようにグリッサンはマルティニック出身の作家として時代状況に積極的にかかわってきた。このことはグリッサンにかぎらない。この島が輩出した詩人エメ・セゼール（一九一三―二〇〇九）は、政治家になってマルティニックのために議員や市長として活躍し、グリッサンの先輩にあたる同郷の精神科医フランツ・ファノン（一九二五―一九六一）は、なによりもアルジェリア民族解放戦線のスポークスマンの役割を果たした。その思想は異なるものの、それぞれが知識人として社会とかかわり、植民地状況にある自分たちの土地のために行動した。

グリッサンが一九六〇年初頭に仲間たちと海外県の独立を目ざす政治グループを決起した、という事実は、この本を構成するそれぞれのマニフェストが書かれる、遠いとはいえ大事な要因だ。なぜならどのマニフェストも、状況に介入する目的で書かれているからだ。シャモワゾーが「はじめに」で書くグリッサンの口癖のように、「このままではいけない」のだ。

けれども、同じ文章のなかでシャモワゾーは、「グリッサンの蜂起、つまり彼の思考は、受けいれがたいことにたいし、直接的なやり方では対決しなかった」と書いている。さらには「詩人は活動家ではない。詩とは「外」からの眩暈をもたらすことにしか役立たない」（本書一一頁）とも。これはいったいなにを言いたいのだろうか。

## 詩と政治

この少しもってまわった言いまわしでシャモワゾーが述べたいのは、グリッサンとシャモワゾー、さらにその共同署名者たちが共有するマニフェストの精神だ。グリッサンは、文学と政治との関係や、政治とのかかわりについて、自分なりの考えをもっていた。その考えを訳者なりに敷衍して語ってみることにしよう。

当たり前だが、ひとりの作家は文学作品を書くことによって、政治状況を変えることなどできない。もし文学作品で世界を変えられる、と本気で考える作家がいるならば、そんなものは世間を知らない素朴な考えだとして、多くの人からは相手にされないだろう。実際に政治を変えるにはどうすればいいか。そのもっとも現実的な手段のひとつはみずからが政治家になることだろう。これはセゼールのとった手段だ。この場合、政治とは実務と交渉の世界であり、（演説は別にして）そこに詩が入り込む余地はほとんどない。いわば政治と詩は分離した関係をとらざるをえない。

ファノンの場合は、行動の人として、革命の政治に加わった。ファノンは作家ではなかったが、もともとは戯曲を書いたりして作家的資質を有していた。ファノンはむしろその資質を活かしながら『地に呪われたる者』（一九六一年）〔鈴木道彦、浦野衣子訳、みすず書房、二〇一五年（新装版）〕のような脱植民地化のための政治思想の書を書いた。そしてこうした著述を可能にしていたのは、アルジェリア解放のために生きるという彼の行動そのものだった。グリッサンの政治活動はこのファノンの路線にあったのだが、その試みはフランス政府に早々に監視され、政治グループは解散を余儀なくされてしまった。グリッサンの政治と文学をめぐる考えは、言ってみれば、セゼールでもファノンでもない仕方で練りあげられていった。セゼールのように政治家になることをせず、かといってファノンのように行動のなかで考えることの困難のなかで、グリッサンはむしろ作家という立場にとどまったところから、政治をおこなうことを自分の信条とした。しかし、それは一時期の共産主義圏の文化政策のように、作家が文学を政治的メッセージに従属させてしまうことであってはならなかった。当時よくあったのはマルクス主義思想の文学版だが、それではただの文学の政治主義にすぎない。けっしてそうではない仕方で、それでも作家という立場でもって政治にかかわるには、ではどうすればよいか。

この問いにたいするグリッサンの答えは、作家は現実世界の直接的な変革には無力であるが、書くことや話すことをつうじて、人々に働きかけることができる、という、さまざまな機会に繰り返される彼の考えのうちにある。それこそが詩の力、言葉の力なのだ。つまり、人々の感性（感覚）に働きかけ、その感性のあり方を変えてしまうような力を、作家は潜在的に有している。感性のあり方を変えるためには、言葉を道具化するのではなく、新しい言葉の使用法をつくりださなくてはならない。そこに作家の弛まぬ努力がある。

シャモワゾーが「まえがき」で書いた、詩がもたらす外部からの眩暈とは、作家の言葉が、読む人や聞く人のもとに届いたとき、その人の内奥でなにかが根本的に揺らいでしまうような経験をもたらす、ということだ。それこそが詩人の役割であり、この本を構成するそれぞれのマニフェストに賭けられているものだ。

エドウィー・プレネルはそのことを「政治の詩学」と的確に呼んでいる（本書の副題はここからとった。ちなみに訳者は同じことを約めて「政治詩学」とこれまで呼んでききたので、以下からは政治詩学とする)。プレネルによる「あとがき」は、グリッサンとシャモワゾーが共有するこの政治と文学との関係性をめぐって展開されていると言っていい。そこでのポイントとなるのは、グリッサンがよく用いる言葉である「想像域」だ。書くこととは、人々の想像域に働きかけ、長い時間をかけて少しずつ変容をもたらす行為である。想像域の変容のための政治、これが政治詩学の内実だ。

## ユートピア

ようやく解説の準備が整ったところで、この本にたいする訳者なりの捉え方を提示することにしよう。訳者はこの本を一種のユートピア論として読んでいただきたいと思っている。

この本を構成するのは、六篇のテクストだ。「グローバル・プロジェクト宣言」(二〇〇〇年一月)から「高度必需「品」宣言」(二〇〇九年三月)まで、それらが発表順に配置されている。それぞれのテクストの冒頭に付された注が告げるように、一つひとつにはマニフェストを公表する背景と状況が存在する。言うまでもなく、それはそれで当然重要であり、海外県のおかれた現状、フランス社会の移民問題や人種主義《レイシズム》について、それぞれのテクストを読むことで、私たちの理解は深まるだろう。しかし、もしもそれだけであれば、つまり、それが時代に介入する状況論としての性質だけのテクストであれば、これらを合わせたこの本の原著が二〇二一年に刊行される必要はなかったかもしれない。つまり、ここに再録されたテクストは、いずれも時とともに忘れられる類のものではなく、時の推移に抗うような強度の言葉でもって書かれているのだ。

ユートピアという言葉は「ここにはない場所」という意味だ。ユートピアは未来の観点から社会現状を批判する文脈でよく論じられてきたし、どこにもない理想郷を目ざすという意味で、悪しき理想主義のように捉えられるときもある（後者の場合、社会主義的な実験の失敗がしばしば想起される）。ユートピアという語にたいする批判的検討を踏まえたうえで、ミシェル・フーコーが提示したようなヘテロトピア（現実に存在しながらも、徹底的に他なる場所）を用いることもできるだろう。また、ユートピアにたいしては、絶望郷としてのディストピアのほうが現実の感覚に近いと思う方もいるだろう。けれども、グリッサンもシャモワゾーも、ユートピアという語にとてもこだわってきた。

これは訳者の経験則にもとづく印象にすぎないが、この二人にかぎらず、アフリカ系の書き手は、ユートピアという語を未来への希望としてしばしば用いる傾向がある。その理由は、実はとても遠くまでさかのぼる集合的記憶のなかにあるように訳者には思える。奴隷貿易・奴隷制の記憶だ。奴隷とされた人々にとっては過酷なこの数世紀のなかで、現在で言うところのディストピアとしてしか思いえがけない耐えがたい暴力的環境のなかで、けれども、人々は生きのびるための希望を捨てずにきた。その表現のひとつが、たとえば歌であり、この世からの解放をうたうような北米の宗教歌だったのではないだろうか。いまいる環境からの脱出は、アフリカ系ディアスポラの文化のなかで共通して繰り返される主題だ。アフリカ系ディアスポラの想像力のなかで、ユートピアは絶えず求められてきたのだと訳者は考えている。言い方を変えるならば、アフリカ系ディアスポラの文化実践が、支配者の文化を取り込み、変容させることで自分たちの文化を形成・存続させてきたとするならば、それが言語の水準でも起こっていたことは当然予期されるのであり、西洋由来の概念についても、自分たち流にアレンジしていると考えてみるべきではないだろうか。ユートピアという語の普遍的通念の次元でなく、その使用法に注目してみるべきだろう。

この本に即して言えば、ユートピアが内包するのは、未来への持続する希望だ。本書のなかで述べられているように、「ユートピアはいつでも私たちに欠けている道」（本書一三五頁）である。この欠けている道を、未来を見すえて語りつづけることが、グリッサンとシャモワゾーがその都度の機会に発表してきたマニフェストの揺るがない信念だ。

　では二人はこの世界のうちにどのような希望を見出そうとしているのか。この世界に欠けているユートピアは「さまざまな不可能が絡まりあう結び目を解くことができる、唯一のリアリズム」（本書一二五頁）だ。そう、著者たちにとってこれは絵空事などではなく、この世界の現実のことを考えるときに必要な想像域である。このことは、とくに自分たちの島の未来――「私たちは小さな邦々の未来を信じる」（本書二九頁）――を話題にするテクストではっきりと感じとられるものだ。

　この本にはマルティニックおよび海外県の未来をめぐるテクストが三本、収録されている。「グローバル・プロジェクト宣言」、「ディーンは通過した、再生しなくてはならない。いますぐ《アプレザン》！」（二〇〇七年八月）、「高度必需「品」宣言」だ。これらに共通しているのは、海外県の将来をめぐる重要な岐路となる出来事のたびに、その出来事から切りひらける視座を短期的で局所的にではなく、長期的かつグローバルに考える必要があるということだ。テクストは、多くの場合、人々の短期的にして一地域的な展望のもとでの一般的選択を俎上に載せ、その代替案を提示している。そのもっとも具体的なもののひとつは、マルティニックの農業を有機栽培に全面転換させるというものだろう。この政策の背景には、エコロジカルな問題を主題とした「ディーンは通過した……」で述べられているように、島の基幹農業がバナナ栽培に移行したのち、島で使用許可されていた殺虫剤クロルデコンが人体に悪影響を与え、土壌汚染をもたらすことが明らかになったという事情がある（この殺虫剤はマルティニックとグアドループで一九七二年から九三年まで使用された）。こうした深刻な問題を解決するにあたり、農業や公害の専門家でもないグリッサンやシャモワゾーが、向こうみずな大胆さでもって提言をおこなうのは、カリブ海地域住民の一員として「小さな邦々の未来」を真摯に考えているからにほかならない。

マニフェストの署名者たちが示すのは、政治詩学である。その政治詩学は、マルティニックという小さな島の未来がそれ自体でグローバルな世界の未来となるような遠い先を展望している。だからこそ「高度必需「品」宣言」では、物価高に対するストライキを支持しながらも、その要求をはるかに遠くまで高めるとともに、自分たちの消費者としての生活のあり方を見つめなおし、資本主義システムにからめとられない、別の生き方をはじめることを提言するのだ。本書の最後を飾るこのマニフェストは、海外県という地域的な枠組みを越えて、私たち現代人の消費依存的生活それ自体を問うという意味で、グローバルであるということは、このマニフェストの内容は日本語圏の地域で暮らす私たちの生き方にも直結しているということだ。

それゆえ、ここで表明されるユートピアは、私たちのそれでも十分にありうる。そして、そのように受け止めるためには、私たちが、マニフェストの署名者たちの言葉に共鳴し、そこに示されるさまざまな危機をグローバルなものだと捉える認識が必要だ。

## パトリック・シャモワゾーの新たな呼びかけ

シャモワゾーは、このグリッサンとの共著をまとめたのち、マニフェストの精神を明らかに引きつぐ、「海外県」（二〇一一年以降インド洋のマイヨットが加わって五つになり、現在は「海外県・地域圏（ＤＲＯＭ）」と呼ばれる）における政治詩学のための著作を出版している。仮にその題名を『邦をなす——責任を負うことを讃えて』（二〇二三年）[Patrick Chamoiseau, *Faire-Pays : éloge de la responsabilisation*, Le Teneur, 2023] とでも訳しておくこの本もまた、状況に応じて準備されたものだ。発端は、二〇二二年五月、マルティニックやグアドループなどの主に海外県の政治制度の長たちが、フランス本土と海外の領土にかんする関係をあらためて考えるための声明を発表し、大統領との協議の場を求めたことにある。シャモワゾーはこれを「責任化のプロセス」と捉え、これを支持する目的で、自分たちで自分たちの邦に責任をもつことを呼びかけるマニフェストのフランス語版（クレオール語版もある）を海外県の作家、アーティスト、教師、政治家など二〇〇名の署名とともに『ル・モンド』二〇二三年三月一八日付に公表した。このシャモワゾーによるマニフェストについては、フランス語圏文学研究の福島亮が『図書新聞』三五八三号（二〇二三年三月一八日）の記事で訳出しているので、ご関心のある方はお読みいただきたい。さらに、このマニフェストを朗読・映像化した作品がYouTubeで公開されている（本書の原著タイトルを検索すればアクセスできる）。

『邦をなす』が求める基本方針は、「グローバル・プロジェクト宣言」からなにひとつ変わらない。すなわち、フランスと海外県の「中心－周縁」構造を変える必要があり、そうするためには、海外県のすべての人々が、それぞれの場所から、この変革にかかわるという意思をもつということだ。「私たちは上からやってくる自由も、あらかじめ決められたステイタスも、授けられた決定も、手中に握られた運命も、求めない。けれども、私たちは、フランスが植民地化、奴隷制、海外県化という支配を四世紀以上にわたっておこなってきた以上、将来みずからの責任を負うことのほうに賭けるのだ」（本書三四

—三五頁、強調は訳者)。

そのためのひとつの方法が、集会である。この場合、規模は問題にならない。むしろ、さまざまな機会に、海外県の政治問題を考えようとする人々とともに場をもち、議論しあうこと。これが、「ユートピアの大いなる震えを恐れずに捨てない、大いなる会衆《アン・グワン・ロディヤンス》」(本書一六七頁)がやがて集うその日までなされる、政治詩学の具体的な実践だ。

そんなひとつの機会に訳者はたまたま居合わせることができた。それは『邦をなす』の刊行記念をかねた催しで、二〇二三年六月二六日にパリのリヨン駅近くのセーヌ河岸に停泊する船を会場におこなわれた。マルティニック在住のシャモワゾーは、二〇二三年のマルグリット・ユルスナール賞の授賞者として記念式に出席するためにおもむいた、フランス南部の地方都市トゥールーズから、パリに戻ってきたところだった。先述したマニフェストの映像作品(マルティニック、グアドループ、ギュイヤンヌのアーティストが朗読)を鑑賞後、シャモワゾー自身がこの本をめぐって話し、会場と質疑応答をおこなった。

そこで示したシャモワゾーの認識は、県に「昇格」以降、現在にいたるまで、マルティニックをはじめとする海外県は、フランスおよび現在のネオリベラルな資本主義に全面的に依存している状況がつづいている、というものだ。この依存状況における無力は、いまの住民たちに「政治的思考（政治思想）」が欠けていることにあるという。脱植民地化運動の時代には（この「訳者あとがき」で言及した一九五九年一二月の「暴動」やフランツ・ファノンのアルジェリア革命のように）人々が「政治化」していたことに何度も言及しつつ、私たち一人ひとりが責任を有する者として、政治詩学に参画することを求めていた。「（ポエジーにおける）独立主義者」だと自己規定するシャモワゾーにとって、これまでのマニフェストの延長線上にある『邦をなす』は、政策提言や解決を示すものでなく、やはりなによりも「詩的テクスト」だ。独立主義者としての政治への介入は、直接的なものではなく、むしろ政治にたいする関心の入り口を広げ、短期的目標よりも長期的展望において緩やかに機能していくような効果を期待している。

## 感性の政治

このようにグリッサンとシャモワゾーの政治的企図の核心には、ユートピアを目ざす政治詩学がある。この政治詩学というコンセプトを掘りさげるにあたって、ここでいまひとつ言及しておきたいのは、「美しさ」という言葉だ。『マニフェスト』のなかでもっとも長く、またある意味ではもっとも重要と言えるかもしれない、バラク・オバマに宛てたテクストは、「世界の妥協なき美しさ」（二〇〇九年一月）と名づけられている。それにしても、なぜ「美しさ」という、人によってその判断がそれぞれ異なるような、多分に感性的な価値判断をわざわざタイトルに用いるのだろうか。

このことを考えるにさいして、少々唐突かもしれないが、フランスの政治哲学者ジャック・ランシエールの考えを援用してみよう。グリッサンとシャモワゾーは、ランシエールの政治思想に親しんでいないはずだが、その発想はどうやら近いようだ。訳者自身はその複雑な政治思想をどこまで把握しているかは心許ないが、それでもこの本の「美しさ」を解説するにあたって、その考えのうち、「感性的なもののパルタージュ〔分割・共有〕」と呼ばれるものの周囲を、ランシエールの同名の書『感性的なもののパルタージュ』（二〇〇〇年）〔梶田裕訳、法政大学出版局、二〇〇九年〕やインタビュー集『平等の方法』（二〇一二年）〔市田良彦ほか訳、航思社、二〇一四年〕を参照して、少しだけ紹介してみることにしよう。

ランシエールの政治思想の興味深い点は、人々の思考や感性（感覚）といったものを根本的に重視していることにある。たとえば、私たちが日本の政治制度をモデルに政治について考えるとき、その政治に市民として参画する方法として一般に思いつくのは投票である。けれども、それでは物事がなかなか変わらないと考える人々が別の方法でも政治をおこなうとする。その代表的な方法であるデモは、普段、私たちが考えている政治をめぐる場面を変えうる可能性を秘めている。多くの人が政治とは投票行為だと捉えているとき、そうではない方法の政治行為に参画し、自分たちの声を直接表明する人々は、たしかに私たちの政治にかんする一般的な思考と感性のあり方を変えているのだ。それが出来事と呼べるほどの大きなうねりとなれば、場合によっては、既存の政治体制を変えうるかもしれない。そうしたことは歴史上、革命という名のもとに、数は少ないが、実際に起こってきたことだ。それは、ランシエールにとって、なによりも人々の思考の仕方や知覚の仕方を変えるという意味で「革命」である。これまでに思考可能でなかったもの、これまでに感覚可能でなかったものが突如としてできるようになるということ。そのような根本的変容を起こすという意味で、歴史上の数は少なくとも「革命」の影響は決定的なのだ。その重要な参照項のひとつがフランスの「六八年五月」であったりする。

もっとも、「革命」が起きれば、それで決定的な勝利がもたらされるというわけではなく、その起こったことの効果が失われて反動化したり、人々の思考や感性がパターン化されてまた別のかたちで体制的で支配的なものに変わってしまう。基本的にはそういうものだ。だからこそいまの世界を危機の様相で捉えるとき、「感性的なもののパルタージュ」によって形成されている、この世界の思考可能なものや感覚可能なものを変える実践のうちに、政治的なものの争点が存在するのだ。

とはいえ、世界の思考可能なものや感覚可能なものに変容をもたらそうとするこの試みは、実際の戦場や殺戮（ガザで進行するジェノサイドやコンゴにおける虐殺など）の場面では当然ながら無力である。しかし、無力であっても無意味ではない。なぜなら、圧倒的なジェノサイドは、そうした場面におらず、「平和」を享受している私たちに「このままではいけない」という気持ちを呼びおこすからだ。つまり、出来事に呼びかけられる私たちはこのとき、感性を揺さぶられている。この感性の揺さぶりをなかったことにせず、この世界の共振・共鳴関係のなかにむしろ積極的に入っていくこと。それが世界の思考可能なものや感覚可能なものを再編していくのである。ランシエールの政治思想の一部を仮にこのように敷衍して捉えてみるならば、グリッサンとシャモワゾーが用いる「美しさ」もまたこの文脈で説明することができる。

「美しさ」という審美的基準は、グリッサンとシャモワゾーにとって、政治詩学による想像域の変容によってもたらされるものだ。現在においても顕在的な、この世界を統べようとする支配欲に満ちた力（当時においてはもっぱら合衆国の覇権的な力）にたいし、潜在的なものとしてある力、すなわち「可能態の力」としての〈関係〉の思想を共有すること。〈関係〉とは、この世界の人々のあり方を水平的・相対的なものと捉えて、この世界がそこに住まう、人間や人間以外の生きものとの相互作用によって絶えず変容を遂げている、というその予測不能なあり方を肯定するためのヴィジョンだ。それゆえ、それは画一化や効率性を求めるような美のあり方とは根本的に異なる。審美の価値判断をあらかじめつくって、その判断にそくして、あれこれは「美しい」という価値観を広め、押しつける力は、グリッリンとシャモワゾーの考える、美しさではない。たとえば、資本主義システムのなかで美容品を売るためにつくられた画一的な基準の美しさを、二人は「美しい」とはけっして言わないだろう。そうではなく、自分たちの思考や感覚を揺さぶるもの、「心を揺さぶる凝結」（本書一三三頁）こそが二人が求める美しさなのだ。「あらゆる美しさとは〈関係〉である」（本書一四五頁）というようなヴィジョンをもたらし、本書で言及されるルネ・シャールやセゼールのようなかつての詩人たちが示したきたような「感性的なもののパルタージュ」を新たに生みだすことをグリッサンとシャモワゾーは求めている。だからこそ、この世界の美しさとしての〈関係〉のヴィジョンには一切の妥協があってはならないのだ。

## 翻訳について

最後に今回の翻訳について書いておこう。

この本を構成するテクストは、その都度、発表されたことはすでに述べたとおりだ。そのなかで「壁が崩れおちるとき」（二〇〇七年九月）と「高度必需「品」宣言」はそれぞれパンフレットとして、「世界の妥協なき美しさ」は小さな単行本として、ガラード社という版元から出版されたことがある。この独立系出版社は以上の三冊のほかに、グリッサン名義の二冊のアンソロジー（『五月一〇日』、『地火水風』）を出版しているのだが、惜しくも二〇一七年に出版活動を休止してしまった。これが本書の出版経緯にどれほど関係あるかはわからないが、一応記しておくことにする。なおこの本については、ラ・デクヴェルト社と全－世界学院出版社による合同出版のかたちをとっている。後者は、グリッサンが二〇〇六年に創設した全－世界学院という組織の出版部門で、二〇二〇年より活動している。「あとがき」でプレネルがこの本が「全－世界学院の看板」（本書一六七頁）で出版されたと記しているのは、この出版部門のことを指している。

これらのテクストのうち、「遠くから……」（二〇〇五年一二月）と「高度必需「品」宣言」については、既訳（いずれも拙訳）が存在する。前者は『現代思想』の「フランス暴動」特集（二〇〇六年二月臨時増刊号）、後者は『思想』の小特集「「高度必需」とは何か――クレオールの潜勢力」（二〇一〇年九月号）に発表された。これらは基本的に既訳をベースにしているが、適宜、改訳している。それ以外のテクストは、今回はじめて訳されたものだ（なお各テクストの初出時のレイアウトは本書所収のものと異なる場合がある。その場合は本書の版にならった）。

訳出にあたっては、なるべく原語を尊重する方針で訳したため、きっと少しばかり読みにくいと思う。けれども、そのことは、訳者の非力をひとまず於いておけば、フランス語でも決して読みやすいテクストでないことをも意味している。あくまで訳者の主観にすぎないが、原文は凝縮した詩的言語と呼べるもので、格調が高い。しかも、フランス語という言語は、その特性において、書き言葉ではさまざまな類義語を用いたり、無生物を主語とするような表現など、日本語の論理とはずいぶんと異なっている。原文をいかにうつすのかは訳者によっても違うし、そもそも一人の訳者のなかでもその都度変わってくる。たとえば、今回、訳者がマニフェストの一人称複数形として当初は「われわれ」で訳してみたものの、最終的に「私たち」に変えたのは、全体の語調にかかわる、とても大きな判断だった。

訳語についてもこの機会に少しだけ触れておくと（いくつかの単語については訳註で訳語選定の方針を記している）、この本のなかでよく用いられる“pays”は原則的に「邦」としている。これはグリッサンの訳書に携わってきた先輩研究者たちの訳語を踏襲したもので、「国」と区別するためだ。フランス語では“pays”を単独で用いる場合には、「国」つまり国家として一般には解される。そうした一般的意味で用いられている場合はもちろん「国」と訳しているが、グリッサンはマルティニックを指す場合にも“pays”を使う。グリッサンがそう使うときには「国」というよりも「郷土」や「島」の意味合いで用いており、マルティニックでは一般的なのだ（そういう意味も辞書には当然ある）。そのような差異化の意味での「邦」ということで、「邦楽」といったような「日本」を指す意味での使い方はこの場合関係ない。

訳すのに案外困るのは人間集団を表す名詞だ。“peuple”は「民」、“ethnie”は「民族集団」とし（その形容詞は「民族」）、“collectivité”は「集団」、“communauté”は「共同体」というように、基本的にはそれぞれ別の訳語を宛ててある。“nation”は「国民」でおおよそ統一したものの、「民族」と訳してルビをふった箇所がいくつかある。「国民」の概念については、「国民アイデンティティ」を主題とする「壁が崩れおちるとき」を参照してもらうことにして、この語は一般に「国民」とも「民族」とも訳せる。グリッサンとシャモワゾーはときにマルティニックの人々を“nation”と呼ぶ場合がある。これが現にある人々を指す場合は、国家をもたない民という意味で「民族」と訳した。また「関係のアイデンティティ」にもとづく「関係としての国民」として自分たちの“nation”を構想するという未来志向の場合には「国民」とするなど、その都度訳しわけている。

また、フランス語には、いわゆる「黒人」を指す語に“Nègre”と“Noir”があるのだが、これも訳しわけることにして、前者は「ニグロ」としている。この訳しわけには説明が必要だろう。私は、著者たちがあきらかに差別語である“Nègre”を使う意味合いを、差別助長に与しない目的で「黒人」と翻訳するのは、むしろ問題だと思っている。この語は、差別の歴史と深く絡まりあっているからこそ、著者たちの言葉の選択をきちんと訳しわける必要があると考えるからだ。

また、原著の「高度必需「品」宣言」のクレオール語表現には出版社の注がついている。そのうち必要なものは訳出し、不必要だと判断したもの（クレオール語のフランス語訳）は割愛したこともお断りしておく。

ところで、本書は二〇二二年に英語版が出版されている。書誌情報は以下のとおりだ。**Édouard Glissant and Patrick Chamoiseau, *Manifestos*, translated by Betsy Wing and Matt Reeck, Goldsmiths Press, 2022.** こちらはゴールドスミス出版社の叢書「プレネタリーズ」の第一巻として刊行されており、版元情報では「地球規模の危機にたいするポストコロニアル的応答」とある。叢書の発刊は、惑星という規模で現在直面するさまざまな危機を考えるというもので、ガヤトリ・チャクラヴォルティ・スピヴァクの「惑星思考」、「惑星性」というコンセプトが叢書監修者のまえがきでは引かれている。〈全－世界〉というコンセプトでこの地球全体のことを考えるグリッサンの思想をある意味で凝縮したこの本が、叢書「プラネタリーズ」の最初の巻に選ばれたのも、だからよくわかる。いま、私たちが感じている気候変動、人種主義、経済格差、移民・難民問題、戦争といった、さまざまな重く苦しい問いが、それぞれのテクストのなかに当然ながら響いている。そのような時代であればこそ、この本の示すリアリズムとしてのユートピアはますます必要とされるのではないだろうか。

『ブラック・アトランティック――近代性と二重意識』（一九九三年）〔上野俊哉ほか訳、月曜社、二〇〇六年〕の著者ポール・ギルロイは、『マニフェスト』の英語版に次の一文を寄せている。この言葉を最後に紹介することで、少し長めの「訳者あとがき」を閉じることにしよう。

いまこそグリッサンの時代だ。グリッサンほど誤読され、矮小化されてきた作家はいないのだから。シャモワゾーとのこの計りしれない共著が、英語で読めるグリッサンの著作のうちにかけがえのないものとして加えられた。この本は、カリブ海、ヨーロッパ、そして全世界に向けて、彼の実践的かつ詩的なプロジェクトがどこにあるのかを見さだめ、照らしだす饗宴である。

中村隆之

二〇二四年三月一五日、パリ

## 著者紹介

**エドゥアール・グリッサン**（Édouard Glissant）
カリブ海マルティニック島出身のフランス語作家・思想家（1928-2011）．日本語訳に『レザルド川』（現代企画室），『第四世紀』，『カリブ海序説』（近刊），『〈関係〉の詩学』，『フォークナー，ミシシッピ』（以上，インスクリプト），『憤死』，『痕跡』，『マホガニー』，『ラマンタンの入江』（以上，水声社），『多様なるものの詩学序説』（以文社），『全－世界論』（みすず書房）がある．

**パトリック・シャモワゾー**（Patrick Chamoiseau）
カリブ海マルティニック島出身のフランス語作家（1953 年生まれ）．日本語訳に『素晴らしきソリボ』（河出書房新社），『クレオール礼賛』（共著），『クレオールとは何か』（共著），『テキサコ』（以上，平凡社），『幼い頃のむかし』，『カリブ海偽典』（以上，紀伊國屋書店），『クレオールの民話』（青土社）がある．

## 訳者紹介

**中村 隆之（なかむら たかゆき）**
早稲田大学法学学術院教員．フランス語を中心とする環大西洋文化研究．著作に『カリブ－世界論』，『環大西洋政治詩学』（以上，人文書院），『エドゥアール・グリッサン』（岩波書店），『野蛮の言説』（春陽堂書店）など．訳書にル・クレジオ『氷山へ』（水声社），『ダヴィッド・ジョップ詩集』（夜光社）などがある．

マニフェスト　政治の詩学

2024年4月20日　第1刷発行

著　者　エドゥアール・グリッサン
　　　　パトリック・シャモワゾー
訳　者　中村隆之
装　幀　近藤みどり
発行者　前瀬宗祐
発行所　以文社
〒101-0051 東京都千代田区神田神保町 2-12
TEL 03-6272-6536　FAX 03-6272-6538
印刷・製本：中央精版印刷

ISBN978-4-7531-0383-6